目 录

第一章　小茉莉只要一开口，球就落到网里头

今天，我们要讲的故事是关于一个小家伙的，他的名字叫小茉莉。那我又是从哪听来这个故事的呢？相信你们已经猜到了吧！没错就是小茉莉他本人。虽然当时，我差不多用半公斤棉花把耳朵给塞住了，可等到我听完他的故事时，耳朵也差不离儿快被他给震聋了。为什么？当然是因为小茉莉的嗓门实在是太大。就算他特意压低了嗓门说话吧，而你坐在离海平面一万米高的喷气式飞机上，只要一飞过他的头顶就能很清楚地听见他的声音。

而现在小茉莉已经是一位大名鼎鼎的男高音歌唱家了。从北到南，从东到西，不管在哪儿，没有人不知道他的存在。自从他成了音乐家以后，就给自己改了名字，那名字不仅叫起来声音响亮，而且可以说是相当的漂亮。可在这里我不用那个名字叫他，因为诸位在报上，准见过那个名字千百遍了。小时候大家都管他叫“杰尔索米诺”，意为“小茉莉”的意思，所以在咱们这个故事里，我们照旧叫他“小茉莉”。

好，现在故事开讲了，话说从前有个孩子，可以说是一个非常非常普通的孩子，个子可能比别的孩子还要矮一些。但他有一个非常与众不同的特点，就是嗓门响得少有。关于这一点，自他生下来后第一次开

口，大家就已经知道了。

小茉莉是在午夜出生的。他一出世，全村人都从床上蹦了起来，还以为是工厂的汽笛响了，召唤他们去上班呢。其实啊，这是小茉莉刚刚呱呱落地，在试嗓子呢。毕竟，所有娃娃在刚出世时都是这么干的。还好，他很快就养成了晚上睡觉，白天清醒的好习惯，毕竟所有正派人士也都是这么生活的，当然，要除掉报馆里的人和值夜班的。从此以后，他就在每天早晨准七点，也就是在大家都该起床去上班的时间开始哇哇大叫。这样一来，工厂的汽笛就无用武之地了，因为用不着了，很快就生锈了。

长到六岁时，小茉莉便和其他人一样去上学了。第一天，老师点名点到他的时候叫：

“小茉莉！”

“到！”这位新学生高高兴兴地应到。

只听见乒乓一声，石片撒满了一地，原来是石黑板从墙上掉了下来，碎成了千块。

“你们谁往黑板上扔石头了？”老师一边严厉地问大家，一边伸手去拿戒尺。

见此，大家都安静了下来。

“好，既然这样，咱们就重新点名，一个一个地问，”老师说，“是你扔的石头吗？是你扔的石头吗？”他挨个儿问着学生。

“不是我，不是我。”孩子们连连抢声答道，都被吓坏了。

当老师问到小茉莉时，小茉莉也毕恭毕敬地站起身来，实心实意地回答说：

“不是我，老……”

可当他刚说完“老”字，“师”字还没出口时，窗上的玻璃已经乒乒乓乓地响了起来，碎成一片片后，落满了一地。

这一回老师非常仔细地把全班扫视了一遍，在他这四十个学生当中，并没有发现拉弹弓的孩子。

“准是有人从街上把玻璃窗打破了，”对此，老师只能这样解释了，“准是哪个小流氓，不去学校上学，专出来捣乱干坏事。要是被我逮到了，准扭着他的耳朵，把他送到警察局去。”

这天早晨就这样结束了。第二天老师又点名了，并又点到了小茉莉的名字。

“到！”咱们这位主人公又很高兴地应了声，作为小学生，觉得挺神气的。

窗子马上又发出了乒乒乓乓的声响！不到半个钟头，重新装上的玻璃，又碎成了一片片的，撒落到下面的马路上去了。

“真奇怪，”老师说，“为什么每次点到你名字的时候就出事情呢。啊，我明白了，我的孩子，是你的嗓门太大了，你一出声，空气就会震动得像被飓风刮过一样。从今天起，你必须压低嗓门说话，要不然，我们整座学校，甚至整个村子都会被震为平地的。咱们就这样讲定了？”

小茉莉被羞得满脸通红，开口反驳道：

“老师，这怎么会是我的原因！”

可刚说完，新黑板又是乒乓一声！这块黑板，还是校工刚从铺子里买回来的呢。

“这就是证据。”老师拍着新黑板说道。

可他见小茉莉可怜巴巴的样子，大滴大滴的眼泪从他腮帮上滚了下来，就从椅子上站起身子，来到小茉莉的身边，温柔地抚摸着他的头说道。

“孩子，你听好了。你的嗓子也许会给你带来无穷的不幸，但同样的，它也可能会给你带来无上的光荣。但现在的你最好还是尽可能少开口说话。而且就像大家所说的那样：说话是白银，沉默是黄金。”

从这天起，小茉莉就开始受苦了。在学校，他为了不再闹事闯祸，只好一直坐在位子上并用手帕把嘴捂了起来。可他的声音还是太大，班里的同学不得不用手指捂住耳朵。对此，老师也只能尽可能地少提问他问题。应该说，小茉莉是一个模范生，对此，老师可是十拿九稳的，只要是他回答。那么，答案肯定错不了。

在学校里发生的事，他回家吃饭时就全讲了出来，结果家里，十二个玻璃杯碎得一个不剩。打那以后，就算在家里他也被禁止说话了。

为了发泄闷气，他只好远离村子，独自一人到林子里去，到湖边去，到田野上去。等到确定只有他一个人，并且离同村人的窗子已经足够地远时，他就开始趴在地上唱歌了。可才唱了几分钟，大地就开始沸腾了——田鼠、毛虫、蚂蚁等原本住在地底下的动物全都爬了出来，并都逃到了几公里之外，动物还以为发生地震了呢。

还有一次，小茉莉忘记了平时的小心谨慎。那是一个星期天，体育场上正在举行足球决赛。

小茉莉不是个充满热情的啦啦队，可是球赛使他着迷。这时候他们村的队员正在啦啦队的鼓噪声中转入进攻。（我也不知道“转入进攻”是什么意思，因为我对足球可以说是一窍不通。可小茉莉讲故事时用了这几个字，我相信你们一定知道是什么意思，因为你们肯定经常读体育报的！）

“冲啊！冲啊！”啦啦队呐喊助威道。

“冲啊！”小茉莉也兴奋地扯了一嗓子。

这时候右翼正把球传给进攻的中锋，可球却在半路上拐了个弯，被一种神秘的力量推动着，穿过了对方守门员的双脚，飞进了对方的球门。

“进了!”观众们立刻欢呼了起来。

“这一脚踢得真是太棒了!”有人喊道，“看到他怎么踢了没有?真是准极了!分毫不差。他那简直就是神腿!”

可小茉莉立马清醒了过来，马上明白他自己做了什么。

他想:“毫无疑问，这球是被我的嗓子射进去的。我可不能再出声了，要不然，这场球赛就没法踢了?嗯，怎么办呢，为了使比赛公平，我还得射一个球到自家的球门里去。”

到了下半场，他终于又等到了一个机会。对方球队进攻了。

小茉莉趁机又叫了一声，于是，毫无疑问地球飞进了他同村人的球门。不用说，他这样干，心里可肉痛了。甚至在事隔多年之后，当小茉莉跟我提起这件事时还说:

“我真是宁愿砍掉我的指头也不想射这个球啊，可有什么办法呢，不管愿意不愿意，这个球还是得射。”

没错，换了别人，就会偏袒自己喜欢的球队，可咱小茉莉不是这种人。他正直，真诚，心地纯洁得犹如透明的泉水。他就这样慢慢地长大了，长成了一个大孩子。说真的，他长得并不胖也不高，不如说是又瘦又小，总之，他的小个子叫小茉莉正合适。要是他改了个比小茉莉再重的名字，那你就瞧着吧，他多半会被压成驼背了。

这时小茉莉早已缀学，在家干农活。本来他是会干一辈子农活的。可他要是真干了一辈子农活，那我也就不可能给诸位讲他的故事了。事情的转变是因为在他身上发生了一件极其倒霉的事，关于这件倒霉事，诸位还是在下一章听我讲吧!

第二章　小茉莉运气不佳，全村人都反对他

一天早晨，小茉莉照常来到他的果园去察看果树，发现树上的梨已经熟了。梨就是这样：它们是不会给你任何提示的，只管自己熟啊，熟啊，到了某天早晨，你们一看，便发现它们已经熟透了，可以摘啦。

小茉莉心想："真可惜，今天我没带梯子。好，我这就回家，去拿把梯子来，再拿来根竹竿，好把树顶上的那些梨也都打下来。"

可正在这时候，一个主意，在他脑中冒了出来，说得准确点，就是他想出了一个小小的鬼主意："要不我试一下，利用一下我的嗓子看会怎么样？"

即然想试试，那就行动吧！于是他就站在树底下不紧不慢地叫了起来：

"喂，梨呀，快掉下来吧！"

他这么一吆喝，树上的梨就像服从命令的士兵一样噼里啪啦像雨点一样掉了下来。

然后，小茉莉又走到另一棵树底下，照样这么来了一次。只要他一叫"掉下来吧！"梨就像接到指令似的，立马离开了树枝，稀里哗啦地

掉满了一地。这可叫小茉莉乐坏啦。

他想："这一下我可轻松不少了。真可惜，我怎么早先没想到利用我的嗓子来代替梯子和竹竿呢。"

小茉莉就这样在他的果园里绕了一圈，用这个办法把园子里的梨采了个遍。正好这时，有一个农民在旁边的一块地里松土，所以把一切都看在了眼里。这农民使劲地擦了擦眼睛，捏了捏脸颊和鼻子，肯定这不是在做梦以后，就惊吓得跑回家去告诉他老伴了。

他浑身发抖惊恐地对老伴说：

"你去看看吧，我敢肯定小茉莉一定是一个邪恶的巫师。"

他老伴跑来一看，立马跪下来就嚷嚷：

"他一定是个神圣的好魔法师！"

"我说是个恶巫师！"

"我说是个神圣的好魔法师！"

这天以前，这两口子的小日子可说是过得和和美美，可这会儿他拿起锄头，她拿起铲子，都打算用武力来卫护自己的主张。最后那个农民提议说：

"咱们去把邻居们都叫来。让他们也去看看发生的事，然后听听他们怎么说。"

他老伴一听要叫邻居来，正好可以嚼舌根，便马上赞成了他的提议，扔下铲子就不见了。

天还没黑呢，附近的居民都已经都知道了这件事。他们分成了两派，一派认为小茉莉是个好魔法师，另一派则认为小茉莉是个恶巫师。争论可说是越来越激烈，越来越厉害，已经到了白热化的阶段，就像海上刮暴风时波浪越来越汹涌的样子。真个是越来越热闹了，甚至有人还为此吃了苦头。还好，不是很重。比方说有一个农民正点了烟斗，由于争得太起劲，竟把烟斗燃着的一头塞到了嘴里。警察已经完全晕头转向了，不知该怎么办才好。他们从这堆人这里跑到那堆人那里，想要平息这场风波。

在争执无果之后，大家都想上小茉莉的果园去，有人是想要见识见识魔法，有人却是想踏平恶巫师的果园。

小茉莉看见一大帮人向着什么地方冲来，以为是发生了火灾。便一把提起水桶，想冲出去救火，可没想到这一大群人就在他家门口停了下来，只听他们说：

“就是他！就是他！”有人一脸兴奋地叫道，“他是个好魔法师！”

“什么好魔法师？他明明就是个恶巫师。瞧他手里提着水桶，那准是个魔桶。”

“我的天，咱们快逃吧，逃得远远的，他要是把这玩意儿往咱们头上一泼，咱们准没命了。”

“玩意儿？什么玩意儿？”

“你们眼瞎了啦？桶里装的当然是地狱里的焦油啊。它一落到人身上，就一定会把人烧死，哪位大夫也治不了。”

“他是神圣的，他是神圣的！”又有人反驳道。

“小茉莉，我们都看见了，你叫树上的梨熟，它们就熟了；你吩咐它们掉下来它们就很听话地纷纷掉下来。”

“你们疯啦还是怎么的？”小茉莉问，“都怪我的嗓子。只要一开口，就会把空气震得像刮强台风似的。”

“对了，对了，我们明白了！”一个女人高兴地大叫起来，“你是在用你的嗓子创造奇迹！”

“什么奇迹！明明就是妖法！”另一帮人又扯着嗓子大喊道。

小茉莉被气得直接把水桶扔在地上，转身就进了屋，并把门闩上了。

他心里想："看来，我的太平日子是过不成了。现在我连家门都出不去了，一出门肯定会有些好奇的人跟着我。每天晚上临睡之前，到处都在讨论我的事。人们会拿我来吓唬小孩子，说我是恶巫师。看来，我得离开这里了。我干吗要留在这里呢？我的爸爸妈妈都已经过世了，我最好的朋友也在战场上死去了。我要到世界上去流浪，试试看能否靠我的嗓子找到幸福。世上似乎有这么一种人，唱唱歌就能挣钱。不错，显然这听来有点奇怪。这本不该给他钱的，因为他唱歌已经给他自己带来了乐趣。可唱歌竟还会有人给钱。也许我能成个歌唱家吧？"

他拿定主意后，就把他的家当简单地收拾了一下，装进背囊后就出门了。

一大帮人此时正在门口等着他，见他出来，便更加激烈地喊喊喳喳地说着话，但还是给他让出了一条道。小茉莉目不斜视，看也不看他们一下，一声不响地就上路了。他走了很远才回过头来，再看看自己的老家。

那一大帮人还聚在那里，对着他指指点点地说着什么，好像他是个鬼怪似的。

"要不要跟他们开个玩笑呢？正好留个纪念！"小茉莉恶作剧地想着，然后大大吸了口气，放开嗓子叫了一声：

"再——见！"

这声"再见"果然马上奏效了。男人们只觉得猛然刮起一阵狂风，风吹下了他们头上的帽子。有几位老太太忽然露出了秃头，像光溜溜的鸡蛋壳一样，在阳光下折射着亮着，她们连忙去追她们的假头发。

"再见，再见！"小茉莉又叫了几声，为自己从小到大头一回恶作剧感到由衷的好笑。

小茉莉的声音产生一种不可思异的力量，把帽子和假头发缠在了一起，活像一群候鸟，一下子飞上了云端，一眨眼就没影了。事后证明，它们飞到了好几公里以外，有一些还飞过了国境。

没过几天，小茉莉也出了国境，来到了世界上一个最古怪的国家。

第三章　小茉莉可万万没想到，遇上一只相当怪的猫

小茉莉到达这个陌生国家的第一天，看见的第一样东西就是一个银币。在众人的眼皮底下，它就在靠人行道的地方闪闪发光。

小茉莉心里说："奇怪，有银币竟然没人捡。没说的，竟然被我看见了，就别想逃出我的手心啦。就我那点钱昨天晚上就用完了，今天我还没吃过饭呢。不过我还是先问问吧，看是哪位过路人把它丢了。"

边上正好有一群在嘁嘁喳喳说话的人，于是他走近他们，把这个银币给他们看了看。

"先生们，这个银币是你们掉的吗？"他压低嗓子问，省得自己的嗓子把他们吓到了。

"走开，"他们回答说，"要是不想找麻烦，就少给人看这种硬币！"

"对不起。"小茉莉觉得有点莫名其妙，咕哝着说。于是他向一家铺子走去，铺子的招牌可真诱人啊，上面写着"食品杂货店"几个大字。

可是橱窗里放着的不是火腿和罐头果酱，而是一堆堆本子、一盒盒颜料，还有一瓶瓶墨水。

"这些大概就是杂货吧。"小茉莉想了想，便毫不迟疑地走进了

铺子。

“晚上好。”店老板很殷勤地招呼了他。

一听这个，小茉莉心里暗嘟哝道：“说真个的，我还没听见中午12点的钟声呢。算了，先不管这个了。”他照旧压低嗓声，几乎是喊喊喳喳地问话，可对正常人来说这声音还是太响了。

“我能买点面包吗？”

“当然可以，尊敬的客人。您要买多少？一瓶还是两瓶？红的还是黑的？”

“不要黑的，”小茉莉回答说，“怎么，难道你们的瓶子里装着的是面包？”

店老板哈哈大笑。

“那你说我们该怎么卖呢？难道贵国是把面包切成一块一块卖的吗？肯定不是吧！您倒瞧瞧我们的面包多好啊！”说着他便指指架子，那上面摆着各种颜色的墨水，排得比士兵还整齐。

再说，整个铺子里根本没看到吃的东西，连影子也没有；甚至没有一点干酪皮，连苹果皮也没有。

小茉莉想：“他该不会是疯子吧？我还是别跟他拌嘴的好。”

“的确不错，还是会呱呱叫的面包。”小茉莉附和着，指指那瓶红墨水，想看看老板的反应。

“哦，你要这个？”店老板说。听到小茉莉这样称赞他的商品，他高兴得满脸红光。“不错，这是我们这里最好的绿面包。”

“绿的？”

“嗯，是的！对不起，也许您眼睛不是很好？”

小茉莉十分肯定面前的是一瓶红墨水。他已经打算找个借口溜走了，另外找个脑子更清楚的店老板，一个好主意立马闪了出来。

“我想，”小茉莉说，“我还是等会儿再来买面包吧。请您帮我指一家卖高级墨水的铺子，可以吗？”

“当然可以，”店老板还是十分地热情，脸上带着那种殷勤的微笑回答说，“您瞧，对面就是我们市最有名的文具店了。”

对面那家铺子的橱窗可真诱人啊，陈列着各色各样的面包、蛋糕、点心、通心面，还有堆积如山的干酪，成串成串的大小香肠。

“我就说嘛，这店老板肯定是个疯子，”小茉莉心里断定，“他把面包叫做墨水，把墨水叫做面包。肯定有问题。”

他走进对面的那家铺子，想要半公斤面包。

“面包？”售货员彬彬有礼地反问，“尊贵的客人，你可能弄错了。面包在对面那家铺子卖，我们这里只卖文具。”然后他自豪地比画了个大圈，把所有的商品圈了起来。

“现在我懂了，”小茉莉心里一下子明白了，“在这个国家里得反着说话。你要是把面包叫做面包，他们就弄不懂了。”

“给我半公斤墨水。”于是他对售货员说。

售货员很乐意地给他称了半公斤面包，这倒跟别处一样，用纸把它包起来后，递给了小茉莉。

“我还想要点儿这个。”小茉莉又补充道，并指了指那堆干酪，这次，他不敢乱叫名称了。

“要点儿橡皮是吗？”售货员问，“请等一等，先生。”他立刻又切了一大块干酪，称了称，也用纸包了起来。

小茉莉这下可松了口气了，把刚捡到的那个银币扔在了柜台上。售货员弯下腰，反复地看了几分钟后，又在柜台上扔了两下，听了听它的声音，然后又用放大镜仔细地看了看，甚至用牙咬了咬。最后他很不高兴地把银币还给了小茉莉，冷冷地说：

“很抱歉，年轻人，您的这个银币是真的。”

“那真是太好了。”小茉莉放心地笑了笑。

“这一点也不好！我再跟您说一遍，这个银币是真的，我不能收。你快走吧！年轻人，你该感到庆幸，我没有出去叫警察。您难道不知道，要上哪儿使用真币吗？监狱！”

“可我……”

“您别把嗓门提这么高，我不是聋子。去吧去吧，去弄个假币回来，我再把货物给您。瞧，我没把包装打开。它们就放在这里原封不动地等您回来，好吗？那么，晚安先生。”

小茉莉立刻把拳头堵住了嘴，生怕叫出来。他一边向门口走去，一边和他的嗓子之间作着这样的一番对话：

嗓子：要我叫声“啊——！”吗，好让他的整个玻璃橱窗都乒零乓郎地震个粉碎？

小茉莉：求求你，千万别这么干。我才刚到这个国家，这次就算了吧，这里的一切都是颠三倒四的。

嗓子：可我想喊，想大叫，我憋不住啦。你是我的主人，你快想想办法。

小茉莉：你再忍忍，咱们这就离开这间疯子的铺子。我可不想叫他破产。这个国家似乎有点古怪。

嗓子：那就快点，我快憋不住了。快，再过一分钟我就要叫出来了……那样的话，一切就都完了。

小茉莉立马拔腿就跑，拐进一条没有人、但比一般普通的胡同稍微宽一点的小街，然后赶紧回头看了看。见周围连一个人影也没有。于是他拔出了堵住嘴巴的拳头，为了发泄一下刚才淤积起来的一肚子怨气，短短地发出了一声：“啊——！”然后一下子听见路灯乒乒乓乓炸碎的声音，放在窗台上的一盆花也在摇了两下后，落在了街上，啪嗒一声也摔碎了。

小茉莉深深地呼了口气好让自己平静下来：

“等我有了钱就给市政府寄一些，赔偿我打碎的那些街灯，放一盆新的花在窗台上。除了这些应该没别的东西打坏了吧？”

“是的，没别的了。”这时一个很细的声音回答说，还顺便咳嗽了两声。

小茉莉想要找这个声音的主人，却只看见一只猫，更确切地说是一样远看非常像猫的东西。首先，它浑身都是红的，红得特别深，就像红葡萄酒那种暗红色一样；其次，它只有三条腿；最后，也是最奇怪的一点，它是画出来的，就跟孩子们画在墙上的图画一样。

“怎么可能？猫竟然会说话？”小茉莉惊奇道。

“没错，我承认，我这只猫是有点奇特。比如说，我会读书写字。但有一点你得清楚，我是粉笔的女儿。”

“你是谁的女儿？”

“有一个小姑娘从学校带来了一支红色的粉笔，于是把我画在了这面墙上。可恰好这时候来了一个警察，她吓得连忙逃走了，所以只给我画上了三条腿。就这样我瘸了一条腿。正因如此我决定给自己取个名字叫瘸腿猫。我还有咳嗽的老生病，因为就算是寒冬腊月我也得待在这面潮湿的墙上。”

于是小茉莉往墙上看了看。在那儿留有瘸腿猫完整的痕迹，就像一幅画从灰泥上脱落后留下的痕迹一样。

“那你又是怎么从墙上跳出来的？”小茉莉问它。

“这还多亏了你的嗓子呢，”瘸腿猫回答说，“你要是再叫得响点，说不定这墙就倒了，那可是会出大乱子的。可我简直是走运。嗐，虽然只有三条腿，可能在地上走走可真好啊！再说你可只有两条腿，但你也觉得够了，不是吗？”

“那还用说，”小茉莉对此非常地认可，“而且现在我还嫌多呢。要是只有一条腿，我就不会想到要离开家了。”

“瞧你似乎不高兴，”瘸腿猫说，“是出什么事了吗？”

小茉莉正要开口讲述他的那些倒霉事，拐角却突然出现了一只真正的猫，而且是四条腿的。可它似乎在想什么事，头也没抬地走了过来，甚至没有转过脸来看他们一眼。

“喵！”瘸腿猫很开心地对它叫了一声。

大概在猫话里，“喵”这个字就是“你好”的意思。

那猫停了下来。它看起来似乎觉得很奇怪，甚至可以说是感到受了侮辱的样。

“我叫瘸腿猫，你叫什么？”咱们这只猫似乎对那只猫非常地感兴趣。

那只真猫似乎在犹豫到底要不要回答。后来它还是不情不愿地咕噜说：

“我叫汪汪。”

“它说什么？”小茉莉没听懂，只好问瘸腿猫说。

“它说它叫汪汪。”

“可汪汪不是狗的名字吗？”

“你说的一点也没错！”

“这里真是莫名其妙，”小茉莉说，“先是店老板要把墨水当作面包卖给我。如今又来了只叫狗名的猫。”

“亲爱的朋友，”瘸腿猫解释说，“这只猫把自己当成了一条狗。你想听听吗？”说着便转向了那只猫，并非常亲热地跟它打招呼道：

“喵!”

“汪汪!”那只猫非常地生气，回答说，“真不知羞，你明明是只猫呢，却这么喵喵叫。”

“没错，我确实是一只猫，”瘸腿猫回答说，“虽然我只有三条腿，并且还是红粉笔画出来的。”

“你真是我们猫中的败类。你这个笨蛋，滚开吧。我才不想再在你身上浪费时间呢。再说就快要下雨了。我得赶紧回家去拿把雨伞。”它说着便离开了，还不时回头汪汪叫两声。

“它说什么?”小茉莉向瘸腿猫问道。

“它说快要下雨了。”

小茉莉抬头看了看天。可说是万里无云啊，就算打上航海望远镜也不可能看得到一点乌云。

“但愿这里的阴雨天都像今天这样晴朗。我觉得似乎到了一个完全颠倒的国家。”

“亲爱的小茉莉，你只不过是到了假话国罢了。这里的人都必须按照法令说着假话。说真话的人是会受到惩罚的。他们会罚你一笔大款，罚得你身无分文为止。”

瘸腿猫一直都待在墙上观察着周围的一切，因此可以说是无所不知，于是它一五一十地把有关假话国的事告诉了小茉莉。

第四章　这里我们引用瘸腿猫的话，把这假话国的真相讲一下

“你要知道……”于是瘸腿猫开始讲起假话国的故事。可是我觉太长了便将它长话短说了，省得浪费大家的时间。话说在小茉莉到达这个陌生的国家之前，在遥远的过去，有一个十分阴险毒辣的海盗，名叫贾科蒙，飘洋过海来到了这里。这个家伙又高又胖，而且已经很老了，只想找个安逸的行当好安度晚年。

“我已经不年轻了，”他说，“我不想再干这种居无定所的行当啦。现在最好的办法就是占领一个小岛，放弃现在的行当。当然，我也不能忘了我那些海盗伙计们。我要让他们当大官，做侍臣、做御马监、做御信使，这样的话，他们也就不会埋怨我了。”

既然已经这样决定了，他就开始给自己找起岛来。可所有找到的岛都太小了，觉得与他的身份不配。等到他觉得合适了，他手下那帮子人又不满意了。有人想要有一条河，可以捉捉淡水鲑鱼，可是没有河；有人喜欢电影院，想闲暇时可以看看戏；有人喜欢银行，想把当海盗抢来的钱都存进去。

“咱们干吗一定要占领一个岛呢，为什么不占领一个比岛更好的地方呢？”有一次大家如此提议道。

就因为这句话，他们最后占领了整整一个国家，在这个国家里还有一座大城市，城市里到处都是银行和戏院，还有许多河可以用来捉淡水鲑鱼，星期天时还可以划划船休息一下。这种事可以说是毫不稀奇。一帮子海盗占领地球上某个地方的某一个国家，这是极其常见的。贾科蒙在把这个国家占领以后，就自称为国王贾科蒙一世，还把手下的人一一封做海军上将、侍从大臣、内侍官和消防队队长。

当然，贾科蒙还下达了指令，命令所有的人都要尊称他为“国王陛下”，如有不从就要割舌头。为了确保他的老底不被人议论，他命令他的那些大臣修改字典。

“你们要把所有字眼的意思都改过来，”他说，“比如说，‘海盗’这个字眼要解释为好人。这样，当有人说我是海盗时，在新的字典里，就是说我是个正人君子。”

“我们对所有见过我们打劫船只的鲸鱼起誓，这绝对是个了不起的好主意！”大臣们都高兴地纷纷叫起来，“这个主意值得刻在金板上。”

“现在，大家都明白了吗？”贾科蒙继续说，“那就开始动手吧！把所有东西、所有动物和所有人的名称都改过来！作为一天的开始，‘早上好’必须改为‘晚上好’。这样，我的那些顺民就会在一天的刚开始就开始说假话了。自然，到了晚上睡觉的时候得说‘早上好’。”

“了不起！太了不起了！”有一个大臣大叫，“如果有人想说‘您的气色好极了’，就得说成‘您怎么一脸晦气’。”

在改完字典以后又颁布了一个法令，规定说假话是每个人都必须履行的义务。于是一切都开始乱了。

刚开始的时候人们很容易出错。比方说有人想上面包店买面包，却忘记了那里现在卖的是铅笔和本子，买面包得上文具店去。或者有人进了市立公园散步，看着花赞叹道：

“多好的玫瑰花呀!”

没想到立马从矮树丛后面扑出了贾科蒙国王的警察，手里还拿着早就准备好了的手铐。

“好家伙，真行啊你！您知道您已经犯法了吗？您怎么会把胡萝卜叫做玫瑰花呢?”

“请饶了我这一次吧。”犯了法的人连忙求饶道，并开始称赞公园里别的花。他指着蝴蝶花说:“多好的荨麻啊!”

“你甭想，也别给我来这一套！您已经犯法了。还不跟我去坐牢，学学怎么讲假话吧。”

学校里的情况就更乱了。贾科蒙国王竟然命令把乘法表的数目也都完全改了过来。做加法必须改做减法，做除法必须改做乘法。教师已经完全无法批改作业了。

对于懒虫来说，这可是一个天大的好事：错误越多，就越有可能拿到好分数。

那么作文呢?

东西都得颠倒了说了，你就可以想象写出来的作文会变成什么样子。比方说，有一个小学生用《一个大晴天》做题目写了一篇作文，并获得了一枚伪金奖章，文章里这样改道：

“昨天是一个下雨天。啊，在冰凉的大雨下散步是多么愉快啊！人们总算可以把雨伞和雨衣留在家里了，不用穿厚重的外套，光穿衬衫在外面走走了。我讨厌出太阳，因为只要出太阳只好坐在家里不能出去了，免得变成落汤鸡，还得通宵听着太阳光敲打门上瓦片的声音。”

要想读懂这篇作文，诸位必须得知道，“门上的瓦片”在他们的语言里是指“窗上的玻璃”。

说了这么多。现在诸位应该已经可以理解是怎么回事了吧。不仅如此，就连动物在假话国里也要说假话。狗要喵喵叫，猫要汪汪吠，马要哞哞喊，就连动物园里的狮子也要吱吱叫，因为法令规定耗子必须要作狮吼。

只有水里的鱼和天上的小鸟可以幸免于难。因为鱼总是保持沉默，谁也不能强迫它们说假话。而小鸟呢，国王的警察可从来没逮住过它们。小鸟仍旧用原有的声音唱着歌。为此人们常常用羡慕的目光看着它们，叹着气说：

“它们真幸福啊！谁也奈何不了它们，也罚不了它们的款。”

小茉莉听瘸腿猫讲的故事，他的那颗心就越来越沉重了。

他心里如此担心地想：“在这个假话国里，我要怎样才可以生活下去啊？我的嗓音那么大，要是说了真话，贾科蒙国王的所有警察可都能听到啦。再加上我的嗓子又这么不听话。谁知道该怎么管住它呢。”

“好了，现在你都明白了，”瘸腿猫完结了它的故事然后又说，“你知道我还想说什么吗？我肚子饿了。”

“我也饿了。我怎么把这给忘了。”

“肚子饿是唯一不可能忘记的东西。就连时间也拿它没办法。相反，时间越长，就饿得越厉害。走吧，咱们看看能找到点什么来填饱肚子。嗯……再等我一下，我想先在这墙上作个记号，毕竟我在它上面待了不少日子了。”

它说着，便举起它那用红粉笔画出来的一只爪子，在它原先待过的地方写下了这么一句话：

妙妙妙！自由万岁！

在这里想找点吃的谈何容易。他们在城里到处乱走着，小茉莉睁大了眼睛瞧着马路，满心希望找到一个伪币。瘸腿猫只管频频地向两边看去，像是在人群里寻找熟人。

“她在那里，”瘸腿猫最后非常兴奋地指着一位老太太说道。这位老太太正急急忙忙地走在人行道上，手里还提着一个纸袋。

“她是谁?”小茉莉问道。

“是玉米老大娘，猫的守护人。每天晚上她都会带来一纸袋吃剩的东西，分给无家可归只能聚集在贾科蒙御花园附近的那些猫。”

玉米老大娘身板笔直得像根棍子，又干又瘪，样子看起来还挺凶，身长近两米。第一眼看她，就会让人联想那种专拿扫帚赶猫的人。可是听瘸腿猫的意思好像正好相反。

小茉莉和他的新朋友瘸腿猫跟着这位老大娘来到了一个小广场上。广场的尽头是御花园的围墙，围墙上布满了雉堞，雉堞上还插着玻璃瓶尖尖的碎片。十来只瘦小的猫咪正欢迎着老大娘，汪汪地乱叫着。

“一群傻瓜!”瘸腿猫说，“你在这等着，看我怎么逗它们。”

这时玉米老大娘正好打开了她的纸袋，把袋里的东西倒在了人行道的旁边，瘸腿猫猛地冲进了那群猫里头。并发出了一声尖叫：“喵!”

猫非但不汪汪吠反而发出了喵喵的叫声，这可是太稀罕了，这里的猫着实被吓了一跳。它们完全愣住了，不可思议地盯着瘸腿猫，张大了嘴，一动不动，像泥塑木雕似的。见此机会瘸腿猫乘机用牙齿叼起了两个鳕鱼头和一根比目鱼的骨头，并且立刻三蹦两跳地就上了御花园的墙，并从墙上跳到了另一边，钻到那边的矮树丛里不见了。

小茉莉朝两旁瞧了瞧。他也想直接爬墙过去，可是玉米老大娘正疑心地盯着他看。

“我不希望她叫起来。”小茉莉心里想。于是他装成个普通的过路人，拐了个弯，走到了另一条街上。

等到那些猫从吃惊中清醒过来时，一下子就开始汪汪大叫起来，缠住玉米老大娘的脚。可是说实在的，她比它们更惊讶。最后老大娘只得叹了口气什么也没说，把余下的东西分给了那些猫，然后往躲着瘸腿猫的围墙再看了一眼，就又独自回家了。

再说小茉莉，他刚一拐弯，就找到了一枚他半天都没找到的伪银币。于是他给自己买了面包和干酪，或者按当地的叫法，买了“一瓶墨水和一块橡皮”。天很快就黑了，此时小茉莉也感到十分疲惫了，累得只想好好睡一觉。他看见有座屋子没关门，就走了进去，溜进了地下室，在一堆煤上一躺下就睡着了。

第五章
瘸腿猫从阳台上往屋子里面瞧了瞧，看见贾科蒙国王假发有整整一百套

此时，小茉莉正睡得香，根本没想到就在他睡着时又出了一件奇事——关于这件奇事，我待会儿再告诉诸位，——现在咱们就跟着瘸腿猫那三只红爪子的脚印走吧。

此时的瘸腿猫觉得鳕鱼头和比目鱼骨头的滋味真是太好了。这是它有生以来第一次吃东西。在它还在墙上时，还没有尝到过饿肚子的滋味呢。

瘸腿猫起先想在御花园里过夜就算了。后来它向王宫那瞧了瞧，看到最高一层的窗户里还透着灯光。

“可惜小茉莉不在这儿，”它心里暗暗想道，“如果他在这儿，就可以唱支小夜曲给贾科蒙国王听，好把他所有的玻璃都给震个粉碎。贾科蒙国王一准就要睡了，这个千载难逢的机会我可不能错过，一定要去看一看。”

说着，它便易常灵敏地爬上了高楼，从高处望进了大厅的窗子，而这个大厅正好就在国王的卧室前面。

侍臣、近侍、内侍大臣、内侍官、海军上将、各部大臣和其他显贵此时都排成两排，低着头，正向走进来的贾科蒙国王弯腰鞠躬。贾科蒙

国王长得又高又胖，样子可怕得可以吓死人。可是他却有一头亮得使人吃惊的头发。头发很浓很密，橙黄色，并长长的打着卷。他还穿着一件极其漂亮的紫色睡衣，并在胸前绣上了他的名字。

他一走进来大家便纷纷向他行礼，毕恭毕敬地说：

“早安，国王陛下！祝您一天过得幸福，我们伟大的国王陛下！”

贾科蒙不时地停下来打上一个甜甜的哈欠，马上就走上来一个内侍官，非常恭敬地用手替他捂住嘴巴。然后贾科蒙国王又向前走去，嘴里叽里咕噜地说：

“今天早晨我根本不想睡。我觉得精神抖擞，像根鲜嫩的小黄瓜。”

当然，这两句话的意思是完全相反的。可他已经习惯了别人说假话，因此自己也不得不说假话，而且还得第一个相信自己说的是假话。

“陛下您真是一脸晦气。”一个大臣赶紧鞠躬赞叹道。

贾科蒙国王听此立刻十分生气地狠狠地看了他一眼，可又立马忍住了，因为他已经反应过来，明白这句话的意思就是说他的气色非常好。因此他微微地笑了笑，并又打了个哈欠，然后向文武百官转过身来背对着他们，做了个手势算是跟他们打了个招呼。接着他便提起了他那紫色睡衣的下摆，进卧室去了。

见此，瘸腿猫转到了另一个窗子继续往里看去。

当只剩下贾科蒙国王陛下一个人的时候，他立刻冲到了镜子前面，拿起金梳拼命地梳理他那头漂亮的橙黄色头发。

“他还真是喜欢他的头发呀，”瘸腿猫心里想，“这倒是无可厚非的。那头发的确非常漂亮。一个有这么一头漂亮头发的人，真不知他为什么会是个海盗？他应该成为一位美术家或者音乐家。”

可这时贾科蒙国王已经放下了金梳子，正小心地抓住两边太阳穴上的两绺头发，然后……一、二、三……手一扯，一个光秃秃的脑袋露了出来，那上面光得找不到一根头发，活像一块鹅卵石。他动作之快，就连印第安人替他们的不速之客剥头皮的速度也比不上他。

“假头发！”瘸腿猫一下子睁大了眼睛惊讶地咕噜了一声。

大家猜的一点也没错，那头漂亮的橙黄色头发正是一头假发。在去掉假发后，国王陛下的那个秃头还是粉红色的，看了就叫人恶心，而且上面还长满了大大小小的疙瘩。贾科蒙国王一面摸着这些疙瘩，一面还苦着脸哼哼地直叫。接着他打开了一个柜子，瘸腿猫向下一看，便见他收藏了整整一柜子的假发，五颜六色的，什么都有。瘸腿猫惊奇得把眼睛睁得更大了。柜子里有褐色的、蓝色的、黑色的各种颜色的假发，并且还被梳成了各种发式。贾科蒙国王在众人面前总是戴着橙黄色的假发，可到了晚上只剩下他一个人时，他总是喜欢把假发换来换去，但求可以从中找到安慰，好忘记自己秃头的事实。其实，掉头发，这本来也没什么可以感到不好意思的。可以说几乎所有体面的人到了一定岁数都是会掉头发的。可偏偏贾科蒙国王就是那么一种人——不能见自己头上没有一根毛。

瘸腿猫眼看着国王陛下一口气换了几十顶假发可真是对他佩服得无语了。国王还不停地照着镜子，在前面动来动去欣赏着自己的尊容，左看看，右看看，还用小镜子照了照后面，就像芭蕾舞女主角临出场时的样子。最后他选中了那顶紫色的假发，觉得它最配他那身睡衣的颜色。于是他把这头假发戴在了头上，然后关灯上床睡觉了。

瘸腿猫还在窗台上转了半小时，津津有味地从一个窗口看到另一个窗口。当然，任何有教养的人都不应该这样做。如果在门外偷听是有失体统的事，那么在窗外偷看就不失体统吗，你们认为呢？不过你们永远不可能去做这种事，因为你们不是猫，也不会走钢丝。话说瘸腿猫这样偷看了很久，它对一位内侍大臣特别有印象。那位内侍大臣在躺下睡觉之前，把身上华丽的官服全脱了，还把花边、勋章、手枪等扔了一屋子。你们猜猜他换了一件什么样的衣服？一件破旧的海盗衣服：卷到膝盖上的长裤，方格子的上衣，右眼上的黑绷带。这个老海盗在换上这身衣服以后非但没爬上床，反而是爬到了床的华盖顶上。他一准是想主桅顶上的那根横木想疯了。最后他点燃了一根蹩脚的烟斗，然后拼命地把烟吐得远远的，瘸腿猫几乎被这些烟弄得咳嗽起来。

“看吧，看吧，什么叫做江山易改，本性难移，”咱们这位偷窥的朋友咕噜说，“连老海盗也喜欢自己原本的衣服。”

这时瘸腿猫想到，冒着被警察捉住的危险在御花园里过夜是极为不明智的选择。因此它重新爬出了围墙，来到市中心的广场，也就是来到人们一般集会来听贾科蒙国王演讲的那个广场。瘸腿猫左右观望着，想找个地方过夜，可突然它觉得右边一只爪子有点痒痒的。

“奇怪，”它咕噜说，“难道我在国王陛下或者在那位老海盗那里，不小心被跳蚤叮上了？”

可这种感觉和一般的痒不一样，有点怪怪的。我想说的是，它不是痒在爪子的外面，而是痒在爪子的里面。瘸腿猫仔细地看了看自己的这只爪子，但一只跳蚤也没有找到。

“原来如此，我明白了，”它十分断定地说，“八成是我想在墙上写字。我记得昨天晚上因为小茉莉，我可以从墙上跳下来的时候，也是这种感觉。既然如此，我就来写一句向骗子国王致敬的话吧。”

于是它又悄悄地走近王宫，见卫兵们不会捉它便开始行动了。要知道在这个样样颠倒的国家里，卫兵也不可能会好好值班的，他们都或躺或靠着睡得直打呼噜。卫兵队长倒是会不时地来查岗，看所有的卫兵是不是都睡了。

“妙！妙！”瘸腿猫高兴极了，立刻举起了那用红粉笔画出来的爪子，当然是右爪子，在靠近大门的王宫墙上，写下了这么一句话：

贾科蒙国王戴假发！

“这字写在这里正合适，”它一边说还一边反复地看着这行字，“现在我该到大门那边去写了。”

不到一刻钟，它便把这句话整整写了不下一百遍，最后写累了，累得跟小学生罚抄书抄完时一样。

“好，大功告成，那么现在就再见喽。”

就在广场的正中央，高高地耸立着一根大理石圆柱，圆柱上雕刻着歌颂贾科蒙国王丰功伟绩的雕像。当然，这些丰功伟绩都是假的。从这些雕像上你可以看到贾科蒙国王把自己的财富分给穷人，贾科蒙国王打败了敌人保卫了国家，贾科蒙国王发放雨伞好让他的百姓挡雨，等等。

在圆柱顶上有足够的地方好让瘸腿猫躺直了身子睡觉，并且可以躲开各种危险，美美地睡上一觉。瘸腿猫于是抓住雕像爬了上去，并在圆柱顶上安顿了下来。为了避免摔下来，它还特意用尾巴勾住了避雷针。然后，还没等闭上眼睛，它就睡着了。

第六章　一清早又是闹声又是笑声，贾科蒙国王被闹声给吵醒

第二天天刚亮，睡得正香的瘸腿猫就被一阵可怕的喧闹声给惊醒了。

“在我睡着的时候，是不是闹水灾了？”它担心地想着。于是它立刻从柱子顶上探出了身子，只见广场上挤满了人，吵吵嚷嚷的很热闹。它转头一想便明白了，把这么多人吸引到这里来的，一定是它写在王宫墙上的那句话：

贾科蒙国王戴假发！

要知道，在假话国里，即使是一句微不足道的真话也会引起比原子弹爆炸更响的喧闹声。一批又一批的人被闹声和笑声吸引了过来，从城市的大街小巷汇集到了这里来。刚到的人还以为是发生了什么大喜事呢。

“出什么事了？难道是咱们打胜仗了？”

“不，不，比这还要让人高兴！”

“那是国王喜得太子了？”

“不，比这还要好！”

“那这次一定不会猜错了，是国王免税了。”

最后，新来的人也看到了瘸腿猫写在墙上的话，然后爆发出一阵大笑。尖叫声和嬉笑声最后吵醒了正戴着紫色假发睡觉的贾科蒙国王。国王连忙跑到窗口向外看去，并高兴得直搓手。

“妙极了！真是妙极了！瞧瞧吧，我的百姓是多么地爱戴我啊！他们全都跑到这儿来祝我晚安了。喂，内侍官，内侍大臣，海军上将，你们快到这儿来，快来我这里，快给我王袍和权杖！我要立刻到外面阳台上去发表演说。”

说真个的，内侍官们对此可是感到十分地疑惑。

“到底发生什么事了，是不是应该先派个人去打听一下？”

“陛下，那万一是爆发了革命怎么办呢？”

“胡说！难道你们没看见，他们是多么地兴高采烈吗？”

“那倒也是。可他们为什么这么高兴呢？”

“为什么高兴，这还不清楚。当然是因为我这就要发表演说了。我的秘书呢？在哪？”

“我在这里，陛下。”

贾科蒙国王的秘书总是在胳肢窝里夹着一个厚厚的夹子，里面都是些预先写好的演说稿。这些演说稿什么样的都有：要训斥人的，要感动人的，要逗人开心的，并且每一篇都是从头到尾充满了各种各样的假话。

秘书打开了夹子，抽出了一张预先写好的演说稿，然后念了一下题目。

“《关于烧粥的演说辞》”

“不行不行，不要谈吃的。要是有人只想着吃的，不听我演讲了怎么办。”

“《关于发明摇马的演说辞》”于是秘书又念了一个题目。

“这一篇正合适。要知道摇马是我发明的。在我当国王之前，世界上根本就没有摇马。”

“国王陛下，我这还有一篇关于头发颜色的。”

“好极了，就是这篇!”贾科蒙国王摸了摸假发，立刻叫了起来。他一把抢过演说辞，就跑到了外面的阳台上。

当国王陛下一露脸，下面就立刻响起一阵声音，那像是热烈的欢呼，又像是忍不住的哈哈大笑。许多侍从官本就心怀疑惑，他们觉得这是嘲笑声，于是更加怀疑地盯着下面的那些人。可是贾科蒙国王十分坚信这些吵闹声是对他的欢呼，于是十分高兴地向他那些百姓露出了一个自认十分甜蜜的微笑表示感谢，然后开始他的演讲了。

希望能在这里读到这篇演说辞的全文，对此，诸位不要抱有任何期望。反正诸位读了也不会明白它的意思，因为它上面的话全都是颠三倒四的。我现在也只能根据小茉莉的记忆，简单地将它的内容大致说上一些。

贾科蒙国王的话大概是这样的：

“没有头发的头还算什么？好比没有花的花园。”

“说得好!”群众立刻附喝道，“说得对！真是对极了!”

“对极了”这句话让本没有疑虑的那些内侍官也竖起了耳朵，可贾科蒙国王却十分安然地继续念了下去：

“在我继位之前，人们拼命地拔着自己的头发。于是我国国民一个接一个地变成了秃头，理发师失业了。”

“说得好!”群众中又有人叫喊起来，“理发师万岁，假发万岁!”

贾科蒙国王听此呆了一下。提到假发，正好触到了他的痛处。可是他还是打消了那些怀疑，继续念道：

“公民们，现在我要告诉大家，为什么橙黄色的头发比绿色的头发更漂亮。”

这时候一个内侍官拉了拉贾科蒙国王的袖子，在他耳边低语道：

“国王陛下，发生了一件可怕的事情。”

“什么事？你说吧！”

“那请您先得答应，我跟您说了真话后，您不要下令割了我的舌头。”

“好，我答应！”

“有人在墙上写道，您戴的是假发，所以大家都笑开了。”

贾科蒙国王听此，吓了一跳，连手里的几张演说稿都落了下去，在群众的头顶上飞了一圈后，最后落到了孩子们的手里。如果只是对国王说他的王宫着了火，那么他大概还不至于如此生气。他马上命令宪兵把广场上的人都驱散了。接着他叫人把那个正低头变腰、打听到发生了什么事、并带来坏消息的内侍官的舌头割掉。这个倒霉蛋连忙请求国王留下他的舌头。他完全忘了他应该请求留下的不是舌头而是鼻子。他要是这样说，那么顶多割掉的是他的鼻子，舌头就能完好地留下来了。

可贾科蒙国王还是不放心。他向全国颁布了一道命令，说是无论是谁，只要告发了侮辱国王的人，就赏他十万伪塔列尔。在王宫前面的广场上，也就是圆柱旁边，还搭了一个断头台，准备用来砍那个随便写字的家伙。

“我的妈呀！”瘸腿猫吓得叫了一声，拼命在蜷缩起身子，并摸了摸自己的脖子。“虽然我不知道在假话国的语言里害怕应该怎么说，但如果叫勇敢的话，那我现在觉得我勇敢得要命。”

出于小心，它整天在圆柱顶上缩成一团，好躲在那里避难。到了晚上，当它确定不会发生什么不幸的时候，它才从柱子上爬了下来。它每下来一步，都会向四周看看，以确保安全。等它到了地上，它的后腿已经做好了逃跑的准备。但正在这时候，它感到前边的右爪子又开始痒起来了。

“这下好了，又来了，”瘸腿猫又开始咕噜咕噜说起来，“看来要使它不痒，我还得再写一句对贾科蒙国王大不敬的话了。显然，如果我是在墙上乱涂乱画习惯了，那么我这一辈子也只能一直乱涂鸦了。可这周围又没有墙。那我就写在那边吧。”

说着它便举起了那只用红粉笔画出来的爪子，在断头台的板子上又写了这样两句话：

四面八方都传开：“贾科蒙是秃脑袋！”

说来也怪，爪子马上就不痒了，可是瘸腿猫却担心了起来，因为它的这条腿一下子短了几毫米。

“我本来就少了一条腿，”它说，“要是再这样写下去，另外一条腿也要磨掉了，到时我要怎么走路呢？”

“好，我来帮你吧。”声音从背后传来，它被吓到了。

如果光是人声，瘸腿猫立刻拔腿就跑了。可是除了人声之外，还有两只手跟钳子似的把它紧紧地抓住了。这人声和这双手是一位老太太的，这老太太差不多有两米高身长，脸色严厉……

“是玉米老大娘？”

“没错，是我，”老太太怒气冲冲地低声说，“我要带你走。要让你知道，敢偷我那些小猫的晚饭，还用粉笔在墙上乱涂，会有什么样的报应。”

瘸腿猫一动不动地，让玉米老大娘用披肩把自己牢牢地裹了起来。说时迟那时快，王宫大门口已经出现了几个宪兵。

“幸亏玉米老大娘先到，”瘸腿猫心里暗暗庆幸道，“我情愿被她抓住了，也不想落到贾科蒙国王的手里。”

第七章　瘸腿猫一点不迟缓，教那些蠢猫喵喵叫

玉米老大娘把瘸腿猫一带回家，就把它缝在了沙发椅上。你一点也没听错，就是用针和线把它缝在了沙发椅上，就像人们在台布上绣花一样。在把线弄断之前，她还特意先打了两个结，免得瘸腿猫挣脱了线逃走了。

“玉米老大娘，”瘸腿猫一见她要把它逢起来，就觉得一阵高兴，“您应该挑蓝线来缝，那种线更配我的毛色。橙黄色的线实在是太可怕了，它会让我想起贾科蒙国王的那顶假发。”

“别再提那顶假发了，”玉米老大娘回答说，“现在，最重要的是让你乖乖地待在这里，别像昨儿晚上那样从我手里逃走了。你是只怪猫，我希望你能做一番大事。”

“我不过是只猫而已。”瘸腿猫谦虚地说。

“你是猫，而且还喵喵叫，这种猫如今已经很少了。根本就是没有了。猫竟会想到像狗那样汪汪叫，那根本就不可能叫好，因为它们生来就不是汪汪叫的。我爱的是猫而不是狗。我家里有七只小猫。它们睡在厨房的洗脸盆底下。可一旦它们汪汪叫我就想把它们赶走。我让它们学喵喵叫，至少已经教了上百次了，可它们就是不听我的话，还不相信我

的话。”

瘸腿猫开始同情起这位老太太了，毫无疑问地，是这位老太太把它从警察手里救出来的，而且她还讨厌汪汪叫的猫。

“好了好了，”玉米老大娘继续往下说，“关于猫的事咱们明天再说。今天晚上咱们要做别的事。”

她说着，便走到了小书架旁边，拿了一本书下来，然后给瘸腿猫看看书名。

“《清洁论》”瘸腿猫念道。

“对，就是这本。”玉米老大娘说着，便舒舒服服地坐在了瘸腿猫对面的那张沙发椅上，“我现在要把这本书念给你听，从第一章念到最后一章。”

“那这本书有多少页啊，老大娘？”

“很薄！总共就只有八百二十四页，包括目录在内，目录我就不念了。好了，我现在开始念了：‘第一章：为什么不应该把自己的名字写在墙上？名字是很重要的东西，是不可以到处乱涂的。画了一幅美丽的图画，可以把自己的名字签在画的下脚。塑了一座漂亮的雕像，可以把名子刻在台座上。发明了一台好机器，您就有权给它命上你的名字。只有什么好事都没做的人，才会找不到比墙壁更好的地方来留下自己的名字’。”

“对此我完全同意，”瘸腿猫说，“可我在墙上写的不是自己的名字，而是贾科蒙国王的名字？”

“别插嘴，安静地听我念。‘第二章：为什么不可以在墙上写自己朋友的名字’。”

“我只有一个朋友，”瘸腿猫说，“他曾经和我在一起，可我和他走失了。我不想听这一章，不然，我会很伤心的。”

“可你还是得听，反正你现在也离不开你待的地方。”

正在这时候，门铃响了，玉米老大娘站了起来走过去开门。进来的是个十岁左右的小姑娘。说她是个小姑娘，是因为她那像马尾巴那样梳在脑后的一束头发。除此以外，很容易让人把她当作小男孩，因为她穿的是一条运动裤和一件格子牛仔衫。

“罗莫莱塔！”瘸腿猫惊喜地大叫了起来。

小姑娘瞧着它努力地回想着。

“咱俩在哪儿见过吗？”

“嗐，”瘸腿猫赶紧说道，“您几乎可以算是我的妈妈。难道我这身红色没让你想起什么来吗？”

“使我想起了一支粉笔，”罗莫莱塔回答说，“有一回我从学校里拿了一支粉笔。”

“拿了一支粉笔？”玉米老大娘连忙问她，“那老师知道吗？”

“我还没来得及告诉她，”罗莫莱塔赶紧解释说，“放学的铃声就响了。”

“太好了，”瘸腿猫说，“可见我就是这支粉笔的女儿。正因为这样，我是一只有文化的猫：会说，会读，会写，会算。当然，如果你能把我的另一条腿也画上，那我就感激不尽了。不过我还是要谢谢你。”

“能再见到你，我也很高兴，”罗莫莱塔笑笑，“谁知道你会给我带来多少故事呢。”

“大家都很高兴，但我不高兴，”玉米老大娘黑着脸插进来说，“依我看来，你们俩都得学一学我这本书里讲的道理。罗莫莱塔，你也在那边坐着。”

小姑娘把沙发椅挪近了点，往上面一坐，把两只鞋子甩得远远的。然后，玉米老大娘开始读起第三章的内容，这一章讲的是为什么不该在墙上写侮辱路人的话。瘸腿猫和罗莫莱塔都很认真很仔细地听着。瘸腿猫被缝在了沙发椅上，不得不听。罗莫莱塔虽然听着，但鬼脑筋却没有停下来，那她究竟动的是什么鬼脑筋呢？诸位很快就会知道了。

等读到了第十章，玉米老大娘开始打起了哈欠。刚开始的时候她每读一页打两次，后来越打越多：读一页打三、四次，再后来就变成读一行打三、四次……读一个字打三、四次……到了最后她甜甜地再打上一个哈欠后，就闭上了嘴，同时，这位好心老太太的眼睛也跟着闭上了。

"总是这样的，"罗莫莱塔说，"每次这本书读到一半她就睡着了。"

"那怎么办？咱俩现在是要等她醒来吗？"瘸腿猫问，"她把我缝得牢牢的，我想打个哈欠都张不开嘴。再说我现在急着要找一个朋友，打昨儿晚上起，我就再也没见过他了。"

"我来想想办法。"罗莫莱塔说。

她拿起剪刀，小心意意地拆了线。瘸腿猫立刻跳到了地板上，伸了伸懒腰，并轻松地叹了口气。

"快，"罗莫莱塔轻轻地说，"咱们从厨房走。"

厨房里一片漆黑，什么也看不到，可是在墙角里，大概在放洗脸盆的地方，有十四个绿幽幽的星火在闪闪发光。

"我在这里闻到了小猫的气味，"我们的瘸腿猫说，"我甚至能够闻出，是七只小猫的气味。"

"那都是我婶婶养的小猫。"

在大概是放洗脸盆的地方，还传来了高兴的嘶嘶声。

"好姐妹，"只听见那里传来声音道，"你不仅腿瘸了，连眼也瞎了。难道你没看见，我们和你一样是狗吗？"

"唉，你们这些整天说假话的不幸家伙！"瘸腿猫被气的大发雷霆，大叫着说，"你们真得谢天谢地，因为我现在很忙没工夫，我要是有工夫，非得教一教你们怎么喵喵叫不可。玉米老大娘说不定还要谢谢我呢。”

“汪汪！”七只小猫非常齐声地回答。

瘸腿猫于是慢慢地穿过厨房，蹲在了它七位同胞前面。

“喵！”它要启发它们喵喵叫。

七只小猫觉得很不对劲。

“你们听见了吗？”其中最小的一只小猫问道。

“它真的能喵喵叫呢。”

“不错，不错，狗要是这样叫倒不错。”

“喵，”瘸腿猫又叫了几声，“喵，喵，喵！”

“它可能是电台的口技演员吧，”最大的一只小猫说，“别听它的。它是想要人给它喝彩。”

“喵——”瘸腿猫拖长了声音又叫了一次。

“说真个的，”另外一只小猫说，“我也想要好好地喵喵叫它几声。要知道，我汪汪叫得快厌烦透了。每次只要我一汪汪叫，我就吓得毛都竖起来了。”

“唉，你呀，我的小顽固！你知道你为什么会害怕吗？”瘸腿猫说，“因为你是一只猫，而不是一只狗。”

“请你不要这样侮辱我。我们已经听够了你的话。谁知道你是谁，到这又有什么目的？”

“我和你们一样都是猫。”

“嗯，不管你是狗还是猫，我也喜欢喵喵叫不想汪汪地叫。”

“那就叫叫试试吧，”瘸腿猫说，“你会知道那是什么滋味的。你嘴里会有甜滋滋的味道，胜过……”

“胜过玉米老大娘的牛奶？”最小的那只小猫立刻接上。

“胜过一百倍。”

“我很想试一试，想试得不得了。”小猫吱吱地说。

“喵，喵，”于是瘸腿猫又喵喵叫着引诱它们，“勇敢点，我的小猫兄弟们，学学看，喵喵地叫几声。”

见此，罗莫莱塔笑得捂住了肚子，最小的那只小猫开始低低地喵喵叫了起来。然后第二只也叫了起来，还叫得比它更响。跟着第三只也叫了。一下子七只小猫都开始喵喵叫了起来，活像七把小提琴在一起演奏，美妙极了，而瘸腿猫则放大了嗓门引导它们。

“好，现在你们有什么感觉？”

“真的有甜滋滋的味道唉！”

“胜过加了糖的牛奶！”

“可是，”罗莫莱塔叫了起来，“你们快要吵醒玉米老大娘了。快走吧，瘸腿猫！”

很快地，罗莫莱塔和瘸腿猫跑到了院子外面。

而此时，玉米老大娘醒了过来，走到了厨房门口。电灯开关“卡嗒”一声，照亮了老太太的脸，脸上淌满了幸福的泪水。

“你们到底，到底是我可爱的猫咪咪！”

七只小猫起先很害怕。它们看着主人，一个劲地喵喵叫，不明白她眼睛里淌下来的这两行水是什么意思。接着它们向门那边看了看，然后一字儿地跑到了院子里，高兴地一刻儿也不停地喵喵叫。

玉米老大娘擦了擦眼泪，从后面一直看着它们。

“好样儿的，好样儿的，”她反复地说，“真是好样儿的！”

而小猫们则很高兴地回应着她：

“喵！喵！”

可是有一个人正在偷偷地看着这一切。这个人就是玉米老大娘的房东卡利梅尔先生。他是一个非常吝啬的人，可说是一只一毛不拔的铁公鸡，因此他自己住在了顶楼上，把整座房子连着小尾房都分租给了别人。他是一个极其讨厌的人，专门向警察局打小报告。卡利梅尔先生已经多次警告玉米老大娘不让她在家里养猫，老太太当然不会听他的。

“我花钱租房子，”她说，“而且房租还特别的贵。我要在自己家里养什么，你们谁也管不着。”

卡利梅尔先生的大部分时间，都是待在顶楼上从那个小天窗里偷看别人的一举一动。正因为如此，这天晚上他不但看见了这些小猫，还听见了它们喵喵叫，甚至听到了玉米老大娘时不时地夸奖它们：

“唉呀，好样儿的，好样儿的！”

“哈哈，终于被我逮着机会了，”卡利梅尔搓着手阴险地说，“这么说来，这老妖婆专门收罗野狗，是想教会它们喵喵叫喽。这一回我一定要让她去她该去的地方。我这就去给大臣上书。”

于是他关上了窗子，拿过纸、笔和墨水就写了起来：

大臣大人：

发生了一件难以相信的事，一件我市居民都不能容忍的事。玉米老太太如此这般，等等。

下面是署名：“假话之友”。

他把信装进信封后，便马上跑出去扔进了邮筒。而倒霉事还不止这一件。卡利梅尔先生已经回家了，这时罗莫莱塔和瘸腿猫正站在街上为一件事而苦恼，为了这件事，他们将不得不听玉米老大娘把她那本书再念十章。

大家应该已经知道了，瘸腿猫的一只爪子有时候会特别的痒，一痒起来就会忍不住往墙上写些什么。这时候它正要满足它的欲望，而罗莫莱塔则羡慕地看着它，因为她没把粉笔带在身上。她们两个都没有看见卡利梅尔。

这个告密人见她们如此，便马上怀疑她们要干什么不法的事。他躲在门的后面，从门缝里把瘸腿猫新写的两句话念了一遍，顿时兴奋了起来。

这两句话是：

猫再不肯汪汪吠

国王定要气炸肺

还没等罗莫莱塔和瘸腿猫走开，卡利梅尔就已经飞奔上了楼，兴高采烈地又给大臣写了一封信。

我最最高贵的大臣大人！我斗胆禀告，在墙上写出侮辱咱们国王陛下标语的人，就住在玉米太太家里，一个是她的侄女罗莫莱塔，另一个是她收养的一只狗。她收养狗无非是想要违反一切法令，教会它们喵喵叫。小人相信，一定会得到您恩准的奖赏十万伪塔列尔。

卡利梅尔·威克塞尔

这时候，瘸腿猫又在街上担心了起来。因为它注意到，它那只右脚又短了几毫米。

“我得想个办法，即可以写字又不会磨损爪子。”它叹着气说。

“等等，”罗莫莱塔叫起来，“瞧我笨死了，刚才竟会没想到！我认识一位画家，他就住在这儿附近。他的家在顶楼上，长年都开着门。他穷得什么都没有，因此从不担心会有盗贼上门。你可以跑到他那儿去借点颜料，甚至可以借到整整一盒。走吧，我给你带路，然后我要回家了。我不想让玉米婶婶等我，为我担心。”

第八章 杰出画家小香蕉，扔掉画笔拿起刀

这天晚上，画家小香蕉翻来覆去怎么也睡不着。他孤零零的一个人住在顶楼里，此时正缩着身子坐在一把小凳子上，呆呆地瞧着自己亲手画的画，心里难过地想："还是不行，我的精力全都白费了。我的画里好像缺少了点什么。只要有了那点东西，这些画就能成为真正的杰作了。到底缺的是什么呢？啊，我知道了！问题就在这里。"

这时候瘸腿猫跳上了他的窗台。它是从下面的屋顶爬上来的，想要从窗口跳进顶楼，免得惊动了屋子的主人。

"噢，还没睡啊，"它轻轻地喵喵叫，"不要紧，我在这儿等会儿。我可不想让人以为我是只没礼貌的猫。等小香蕉睡着了，我再拿他一点颜料，他是不会知道的。现在就让我先来看看他的画吧。"

可一看，它整个都呆住了。

它想："依我看，他画的实在是太夸大了点。不这样的话，他的这些画还都是不错的。瞧瞧这一幅，腿太多了。这匹马竟然有十三条腿。你只要想想，我总共才只有三条腿……还有鼻子也画得太多了，这画上的人，脸上竟有三个鼻子。我可不会羡慕这位先生，万一伤风感冒了，他一下子得用三块手帕。哈哈，这位画家动手又要干什么了……"

小香蕉果然已经从小凳子上站了起来。

“也许是这里少了点绿色，”他想，“对了对了！一定是绿色不够。”

于是他拿起了一管绿颜料，并把颜料挤在了调色板上，开始往所有的画上涂绿颜料：在马的十三条腿上，在那个人的三个鼻子上，还有在一位太太的眼睛上——这位太太一共有六只眼睛，左边三只，右边三只。

接着他往后退了几步，眯起眼，想看看涂上绿颜料以后效果会如何。

“不行不行，”他嘟囔说，“看来问题不在这。画一点儿也没有改好。”

瘸腿猫待的地方比较远，听不到小香蕉说的话，但它可以看到小香蕉此时正苦着脸，耷拉着脑袋。

“我可以十分肯定，他现在一定很苦恼，”瘸腿猫心里想，“我可不想变成这位有六只眼睛的太太，万一她眼力变差了，还得买一副有六片玻璃的眼镜，这可不会便宜。”

正在这时候，小香蕉又拿起了一管颜料，把颜料挤在了调色板上，又在那些画上涂抹了起来，然后像蚱蜢一样满屋子跳了起来。

“不错，不错，黄的正合适，”他想，“我可以肯定这些画缺的就是黄色。”

“全完了，”这时候瘸腿猫却在想，“这下子都变成了一大盘煎鸡蛋了。”

可这时小香蕉已经把他的调色板和画笔全扔在了地上，开始生气地用脚踩它们，并非常用力地拉着自个儿头上的头发。

瘸腿猫想：“他要是再不停手，就要变成秃头了，那可要跟贾科蒙国王一样了。我要不要去安慰他一下呢？可万一他要是生气了怎么办呢？人可从来不会听猫的劝告的。不过这也难怪。因为几乎没人听得懂猫在说什么。”

最后小香蕉开始心疼起自己的头发了。

“够了！”他下定了决心，“我要去厨房拿把刀来，把所有的画都剁成粉碎，剁得像婚礼上撒的纸屑那样小。显然，我不是当画家的料。”

而小香蕉的所谓“厨房”，只不过是放在顶楼墙角的一张小桌子。小桌子摆上放着一个打气炉子，一个小锅子，还有一个煎锅，几把勺子、叉子和刀。小桌子就放在窗口，瘸腿猫立刻躲到了彩色花盆的后面不想让他看见。其实就算它不躲起来，小香蕉也不会看见它的，因为他的眼睛已经被榛子般大的泪珠给蒙住了。

“现在他又要干什么呢?”瘸腿猫想，“拿勺子……对了！他大概是饿了。不对，他又把勺子放回去了，唉，他拿起了刀。这真让人担心。难道他打算把谁宰了，比方说宰了批评他的人？其实他画得这么乱七八糟应该感到高兴。因为人们到了展览会上都不能说真话，所以都会赞颂这些画是真正的杰作。如此他就可以挣上一大笔钱了。”

瘸腿猫正这么想着，小香蕉已经从桌子的抽屉里拿出了一块磨刀石，开始磨起刀来。

“我希望它能跟剃刀一样快，好让我画的东西连影子都不留下一点。”他自言自语说。

“看来他是一定要杀人了，”瘸腿猫想，“他想要把人一刀毙命。且慢，如果他是想自杀怎么办？要知道自杀更可怕。不行，无论如何都得采取行动，一秒都不能耽搁了。连鹅都能救罗马城，我瘸腿猫怎么就救不了一位绝望的画家呢?”

咱们这位三条腿的小英雄于是开始拼命地喵喵大叫起来，勇敢地跳进了屋子。正在这时候，房门忽然被推开了，顶楼里冲进来了一个人：

累得上气不接下气，满头大汗，浑身上下都是尘土和石灰……诸位猜猜看：这是谁？

“小茉莉！”

“瘸腿猫！”

“能再见到你，我真是太高兴啊！”

“真是你吗，我的瘸腿猫？”

“你要是不相信，可以数数我有几条腿。”

画家被吓得张大了嘴巴，拿着刀一动不动。而小茉莉和瘸腿猫则当着他的面互相拥抱了起来，高兴得手舞足蹈。

而咱们这位男高音为什么会爬得这样高，为什么在这时候又正好走进这扇门呢，所有这一切，将在下一章为大家详细地讲解。

第九章
话说小茉莉到终于成为一名歌手

各位应该还记得吧，小茉莉当时躺在了地下室里的一堆煤上，呼呼地睡着了。说实话，睡在煤上可不是件舒服的事，可这小家伙已经顾不上舒服不舒服了，尽管那些煤块的尖尖戳得他的肋骨痛，但也不妨碍他闷头大睡，并且还做起了美梦。

他在梦里唱歌。

许多人睡着了会说梦话，可小茉莉睡着了却在唱歌。等他醒了，就又什么也不记得了。也许这是他的嗓子在跟他开个玩笑，因为小茉莉在白天总逼着它长时间地沉默，所以现在想要小小地报复一下。看来这会儿，它是想趁着这个机会，把主人不许它说话的时间全部补捞回来。

小茉莉睡着时唱歌，声音是很轻的，可就是这点儿声音，也足够能把半个城的人都吵醒了。

市民们纷纷从窗子里往外看，生气地说：

“巡夜的都到哪儿去啦？真让人受不了，难道就没人能让这醉汉闭嘴吗？”

警察们从这里跑到那里，可是街上空荡荡的，连个人影都没有。

城里有座大剧院其经理兼指挥住在城的另一头，离小茉莉睡觉的地下室足足有十几公里，也被吵醒了。

“多惊人的嗓子啊！”他兴奋得大叫起来，“这可是真正的男高音啊！是谁唱得这么好呢？啊，我一定要得到他，到时我的剧院一定会被观众挤坍的。这个人就是我的救星啊！”

的确如此，大家应该知道，城里的这家剧院正面临危机，说得更直白点，就是快破产了。在假话国里歌唱家也有几位，可他们都认为应该唱得荒腔走调。因为他们唱得好了，听众就会叫：“别叫了，你这只狗！”他们唱得糟糕极了，听众们反倒叫：“好！好极了！再来一个！”歌唱家们当然想要得到大家的叫好声，就开始唱得糟糕了。

剧院的指挥连忙穿上衣服，冲出了家门，向市中心跑去，他一直朝着声音传来的方向找去。多少次他以为自己找对时，都没有找到，对此我就不一一跟大家细说了。

“他一准就在这座房子里，”他每一次都这么说，“这是无可厚非的，因为声音听着就从最上面的那扇窗户里传出来的。”

他就这样奔走了整整两个钟头，累得半死不活，正打算不再找了，可就在这时，他终于找到了小茉莉睡觉的地下室。他打开打火机，凭借着打火机昏暗的亮光四处寻找着，发现了发出这非同小可声音的却是一个睡在煤堆上的小家伙，他当时的吃惊程度，各位应该是可想而知的。

“他睡着时都能唱得这么好，那等他清醒了唱得多么好就更不用说了，”剧院指挥兴奋地搓着手说，“这小家伙简直就是个宝贝，可他显然还不知道。这个宝贝既然被我找到了，他准会使我发大财的。”

于是，他叫醒了小茉莉，自我介绍说：

“我是朵米索指挥，步行了十几公里才找到了你。明天晚上你一定要到我的剧院里来演唱。现在，跟我走吧，上我家去试唱一下。”

小茉莉本想拒绝。他一再地说他困得厉害，可是朵米索马上答应给他一张最舒服的双人床。小茉莉又说他从来没有学过音乐，可是朵米索指挥又立刻赌咒发誓说，这么好的嗓子，根本用不着识乐谱。

而此时，小茉莉的嗓子立刻抓住了这个千载难逢的机会。“勇敢点，”它向主人催促说，“难道你不想当一个歌唱家吗？快点答应吧，这也许就是好运的开始。”

朵米索指挥打断了小茉莉和他嗓子间的这场争论，一把抓住了小茉莉的手，使劲地把他往回拉。朵米索指挥一到家就坐在了钢琴旁边，弹起了和音，并对着小茉莉说：

“唱！”

“也许。最好还是先把窗子打开吧？”小茉莉胆怯地建议道。

“不，不，我不想吵到隔壁的邻居。”

“可我要唱什么呢？”

“想唱什么就唱什么吧。喏，比方说挑个你们村子里唱的随便什么歌都行。”

于是小茉莉便唱起了他村子里的一支歌来。他尽量地放低声音，同时目不转睛地看着窗玻璃，只见窗玻璃震动得非常厉害，貌似随时都有可能会震碎一样。

可是还没等玻璃被震碎，倒是在刚开始唱第二段的时候，枝形灯被震碎了，一下子屋里就会黑了。

“好极了，真是好极了！”朵米索指挥高兴地大叫道，然后点起了一根蜡烛，“惊人！实在是惊人！三十年来一直有男高音到我这屋子里来唱歌，可直到如今，连一只咖啡杯都没有被震碎过。”

等唱到了第三段末尾，小茉莉一直担心的事发生了，玻璃窗发出一阵乒乓乒乓的声音后全都被震得粉碎。朵米索指挥兴奋地立刻从钢琴旁边跳了起来，扑上来紧紧地抱住了他。

“我的宝贝！你真是我的宝贝啊！”他高兴得泪流满面嚷嚷说，“可见我猜的没错。你将成为古往今来最伟大的歌唱家！将来崇拜你的人将不计其数，他们会拆掉你的汽车，用手把你托起来带着你走。”

“可我没有汽车。”小茉莉默默地说着。

“会有的，你会有的，将来你会有几十辆汽车！一天换一辆。感谢老天爷吧，在你的人生道路上遇到了我朵米索指挥。现在你再给我唱一支歌。”

小茉莉现在有点儿激动。那还用说，这是他有生以来第一回因为唱歌而受到称赞。他并不是一个爱虚荣的人，可不管是谁，受到他人的称赞还是会很高兴的。他现在巴不得再唱一首，唱得再痛快些，不再压抑他的嗓子。他就这样才唱了一两个高音，就引起了一场巨大的风波。

邻居们的玻璃窗一家接一家地被震碎了，人们恐慌地把头探出了窗外，大声叫道：

“地震喽！救命啊！救命啊！快救命啊！”

火车伴着刺耳的尖叫飞快地开来了。大街小巷很快就被挤得水泄不通，所有的人都往城外逃去，有的人手里还抱着熟睡的孩子，有的人推着小车，上面装满了家什。

朵米索指挥现在已经高兴得忘乎所以了。

“惊人！罕见！闻所未闻！”他接连地亲吻着小茉莉，然后用暖和的围巾围住他的脖子，怕他受风着凉弄坏了嗓子，接着又把他带进餐厅，拿出菜来好让他可以大吃一顿，这些菜多得至少可以让十个失业工人都能吃得饱饱的。

“吃吧，宝贝，吃吧，”他连连地劝道，“快把这盆鸡肉挪近点，鸡肉能提高你的声音。还有这盘羊腿可以使低音变得特别柔和。吃吧！从今天起你就是我的贵宾。你就住在我这里最好的房间，我会让人把房间的墙上都钉上厚毛毡，这样你就可以放心地练习了，谁也不会听到你的声音了。”

说实话，这时的小茉莉只想到街上去安慰那些受惊的市民，或者至少给消防员打个电话，叫他们不用再满城跑。可是朵米索指挥劝他说：

“我劝你还是别去了，我的宝贝。这样一来，你就得赔偿所有的损失，可你现在身无分文。你会被警察捉走的，这是无法避免的。你要是坐牢了，你的音乐生涯可就全断送啦。”

“可是万一我的嗓子在剧院里闹出了什么事来，那该怎么办啊？”

听此，朵米索哈哈大笑起来说：

“剧院就是造出来让歌唱家唱歌用的。它不但能经受得住强烈的声音，还能经受得住炸弹的爆炸。现在快去睡吧，我要赶紧去弄海报，让他们快点儿印出来。”

第十章 我们的主人公放声一唱
剧院里的墙就倒塌精光

第二天一早，市民们醒来后就看见，所有的墙角都贴满了海报，上面写道：

“最蹩脚的男高音，狗叫大王小茉莉，在欧美最大的剧院一再坍台，现满载倒采刚刚归来，今天早晨四十八时不正，将不在本市大剧院演唱。”

“望市民们万勿前来。”

“门票免费出售。”

当然，在念这份海报时，得把意思反过来念。市民们都懂得它写的意思正好相反。“坍台”应该就是“成功”的意思，“不演唱”云云就是说：小茉莉将定在四十八时不正，即准时在二十一时正，登台演唱。

说实话，小茉莉并不想让海报说他到过美洲。

“我一次也没去过美洲。”他抗议道。

“一点不错，”朵米索指挥解释说，“正因为这是假话，那就说对了。要是你去过美洲，我们就得改成你是从亚洲演出归来的。法律就是这么规定的。你不用去记那些法律，只要记住你的歌唱就行。”

我们的各位读者已经知道，这天早晨市内可以说是乱极了（因为王宫的正门上出现了瘸腿猫写的名句）。等到了下午市内又恢复了平静，可到了晚上离九时还早时，剧院就已经像报上后来所写的那样，“一如沙漠，空无一人”，这话的意思是说，剧院里挤满听众了。

大家来到剧院，是为了欣赏到真正歌唱家的歌声。朵米索指挥为了吸引更多的观众，满城去宣传关于小茉莉的种种最耸人听闻的故事，现在总算有成效了。

朵米索的宣传员到处乱钻，说什么：

“别忘了多带些棉花好准备塞耳朵。这个男高音可是非常利害的，会让你们听了难受得要命。”

“你们要想知道小茉莉的歌声，只要想象一下几十只疯狗一起吠叫的声音，加上几百只猫尾巴被火烧起来时的叫声，再加上火警汽笛的呜呜声，把这些声音全都一股脑儿地加在一起，大致上就差不多了。”

“一句话，他是怪物吗？”

“他是真正的怪物！他会在池塘里和癞蛤蟆一起哇哇叫，并不是在剧院里唱歌。我们应该让他在水底下唱歌，并不能让他把头伸出来，让他像疯猫一样被水淹死。”

当然这些话同假话国里所有的话一样，都是要反过来听的，因此大家也就明白了，为什么在音乐会开场以前，剧院里就像我们刚才所说过的那样，早已坐满了人，过道也被堵得水泄不通了。

九点整，国王贾科蒙一世也自豪地戴着他那头橙黄色的假发，出现在了御用包厢里。剧场里的人都齐齐地站了起来，向他鞠了个躬，然后都坐了下来，忍着不去看他那头假发。现在谁也不敢再提早晨的那桩公案，因为大家都知道，此时的整个剧院里都充满了暗探，他们时刻准备着，只要有人不小心，说了句不该说的话，马上就会记在他们的本本上。

朵米索迫不及待地等着国王的驾临，通过戏幕上的小洞他看了一下御包厢，然后示意小茉莉做好准备，自己则走到了乐队那里。开始挥舞着指挥棒，指挥着乐队开始奏起了国歌。国歌头几句是这样的：

光荣啊，光荣归于贾科蒙国王，

是他把幸福带给了我们大家！

万岁啊，万岁，

国王有头漂亮的橙黄色头发！

当然，此时谁也不敢笑。有人断定此时的贾科蒙国王脸上有点儿红，可这事很难核实，因为贾科蒙国王为了显得年轻些，这天晚上在脸上抹上厚厚的一层粉。

等小茉莉一出场，朵米索就向底下的人发出了一个暗号，于是他分布在场子里捧场的人立刻大吹口哨，大叫大嚷起来：

“打倒小茉莉！”

“滚开吧，狗崽子！”

“滚回你的池塘里去，癞蛤蟆！”

小茉莉十分耐心地听完了诸如此类的倒彩声，不时地咳嗽两声，直到场子里重新安静了下来。然后他开始唱起节目单上的头一首歌。他尽量地压低了嗓子唱，因此他把嘴唇抿得紧紧的，从远处看他的嘴简直就像没有张开过一样。他唱的是他家乡的一首歌。这首歌很简单，只有几个滑稽好笑的字眼，可是小茉莉唱得让整个剧院的人一下子都掏出了手帕——他们忍不住地频频擦眼泪。这首歌最后本应用高音结束，可是小茉莉在唱到这里时不但没有唱得更响，反而尽力地压低了自己的嗓子。可是还是没用，楼厅里忽然发出了“劈劈啪啪”的巨响声，几十个用最薄的玻璃做的小灯泡被震碎了。但是没有一个人注意到这些，因为剧场里一下子响起了如暴风雨般的嘘嘘声，压过了它的声音。听众们一起跳了起来，放开喉咙大叫大嚷：

“滚出去，下流的小丑！”

“我们再不要听你唱了！”

“给鲸鱼去唱你的小夜曲吧！”

总之，如果可以在报纸写真话的话，那么我们读到的就是：“听众们欣喜若狂。”

小茉莉向听众们鞠了几个躬，便开始唱他的第二首歌。不得不说，这回小茉莉有点放开了。他喜欢这首歌，因此唱得很热情，听众们也听得摇头晃脑，于是小茉莉渐渐地忘了平时的小心谨慎，放开了嗓子唱了个高音，这让买不到票只好站在几里外的听众们开心得不得了。

他等待着鼓掌，或者可以说，等待着又一阵如暴风雨般的嘘嘘声和倒彩声。可是他等到的却是一阵大笑声，于是他整个人都呆住了。他好像被观众们遗忘了一样，他们都背过身去盯着一个地方哈哈大笑。小茉莉也跟着大家的视线看向了那里，不看还好，一看，他全身的血都凝固了，声音也卡在了他的嗓子眼里再也发不出一点声来。他唱第二首歌时，声音倒是没有震碎挂在剧院顶上的枝形大吊灯，可是现在更糟，简直糟透了：他的嗓门把那头著名的橙黄色假发给吹了起来，此时假发正在半空中飞舞，而贾科蒙国王则光着个秃脑袋。国王神经质地用手指叩击着包厢的栏杆，想要知道大家为什么这么高兴。这个倒霉鬼到现在都不知道发生了什么事，也没人敢跟他说实话。因为大家都还记得清清楚楚。这天早晨那个忠心耿耿的内侍官，结果却是那么地悲惨，他的舌头被割掉了。

朵米索指挥由于背对着观众站着，所以什么也没有看见，他向小茉莉做了个手势，叫他开始唱第三首歌。

小茉莉心想：“贾科蒙国王已经出了大丑了，我可不想也跟他一样丢这个脸。这回我一定要好好地唱一唱。”

他这一次唱得那么美，唱得那么感人，唱得那么有力，才唱了两声，整个剧院就开始震动了。最先被震得掉下来的是枝形吊灯，并压住了一部分未来得及逃开的观众。接着一层层的包厢也被震坍了，御包厢正好也在其中，可是不得不说贾科蒙国王是个命大的人，这时他早已经溜出了剧院。因为当他照了下镜子，本想看看需不需在腮帮上再扑上点儿粉，可是一看却吓了一跳，他的假发已经消失得无影无踪了。据说这天晚上国王下了个命令，割掉了所有陪他去剧院的内侍官的舌头，原因是在那么倒霉的时刻，他们竟没有告诉他。

话说小茉莉自顾自地唱他的歌，而所有的听众却一个劲儿地拼命往出口跑去。等到包厢和楼梯都倒了后，剧场里只剩下小茉莉和朵米索两个人了。小茉莉此时正闭着眼睛只管唱他的歌，完全忘了自己现在是在剧院里，忘了自己是小茉莉，完全沉浸在唱歌给他带来的乐趣中。而此时，朵米索的眼睛却张得大大的，他看到了整个经过，于是他现在正发急地拉着自己的头发。

“唉哟，我的天，我的剧院！我完啦，我彻底的完啦！”

但站在剧院前面广场上的听众这回却大叫：

“唱得好！唱得好！”

他们这一回的叫“好”，意思跟平常是完全不同的，贾科蒙国王的那些警察们你看着我我看着你，悄悄地低语说：

“相信你也听出来了，他们叫的‘好’是因为他唱得真的很好，而不是因为不喜欢听他唱歌。”

最后小茉莉用一个高音结束了他的歌，可这一声就把剧院仅剩的一堆瓦砾给翻了个儿，扬起了一股巨大的尘埃。等他睁开了眼，正看见朵米索挥舞着他那根指挥棒吓唬着他，想要爬过一堆又一堆的砖头来到他那里。

“我当不成歌唱家了，”小茉莉绝望地想，“现在还是赶快想个办法从这儿溜走吧。”

他穿过了墙洞溜到了广场。他用袖子遮住了脸混在了人群当中，然后溜到一条空荡荡的街上，开始拔腿就跑，跑得惊险万分。

可是朵米索不肯放过他，在后面紧追着，一面追还一面叫：

“站住，你这个灾星！快把我的剧院还给我！”

小茉莉连忙拐弯进了一条小胡同，只见前面有门开着便跑进去，上气不接下气地跑上了楼，一直跑到了顶楼。他推开门一下子跑了进去，就在瘸腿猫从窗台上跳下来的同一时刻，冲进了小香蕉的画室。

第十一章
要画的东西在画布上活起来
这就需要真实这就需要天才

小香蕉就这样被惊吓地张大了嘴，听小茉莉和瘸腿猫你一言我一语地抢着告诉对方自己的经历。他此时手里还拿着刀，却完全忘记了拿刀干什么。

“您拿刀想干什么?”瘸腿猫不放心地问了他一声。

“我也正在问自己这句话。”小香蕉老实地回答说。

他转眼四下看了看他的屋子，又开始绝望起来。他的画依然像我们在这本书的第八章里讲的那样乱七八糟。

“噢！我知道了，您是位画家。”小茉莉怀着敬意说，此时他才发现这一点。

“我本来也是这么想的，”小香蕉难过地回答说，“我本来也以为自己是个画家。可现在看来我最好还是换个行当算了，另外去找个活儿干，还是尽可能地少跟颜色打交道。比方说当个掘墓师，那就只跟黑颜色打交道。”

“可坟上还有花啊，”小茉莉说道，“世界上没有一样东西是全黑的。”

“那煤呢?”瘸腿猫问道。

“可一烧起来，它就会发出红的、白的、蓝的火焰来。”

“那黑墨水呢？它就是全黑的。”

“可用黑墨水可以写出各种五颜六色的有趣的故事。”

“我服输，”瘸腿猫说，“幸亏我没拿一条腿跟你打赌，要不然，我现在就只剩两条腿了。”

“不用担心，我会找到活儿干的。”小香蕉自我安慰道。

小茉莉穿过屋子，在那幅有三个鼻子的人像面前停了下来，就是那个曾经叫瘸腿猫惊奇不已的画。

“这个人是谁?”小茉莉问道。

“宫廷里的一位大官儿。”

“他真是幸运！有三个鼻子，闻起东西来气味就会浓三倍了。”

“唉，整件事是这样的。他托我给他画一幅画像，并一定要我给他画上三个鼻子。我们争论了半天。我希望照原有的样子画，就是只画一个鼻子。后来我退了一步，建议说不画三个也不画一个，就画两个。可他是倔脾气。要么就画三个，要么就一个也不画。您瞧，结果就成这样了，变成了这么一个可怕的大怪物，都可以拿它来吓唬淘气的孩子了。”

“那这匹马呢，”小茉莉又问道，“它也是宫廷里的吗?”

“马？难道您没看出来这是牛吗?”

小茉莉奇怪地搔了搔耳朵。

“这也许是牛，可我觉得它更像是马。说得再仔细点，就是如果它只有四条腿的话，它就非常像马了，可它又有十三条腿。十三条腿足够画三匹马了，还会多出一条腿来。”

“可是牛就有十三条腿，”小香蕉强辩道，“就连小学生也知道这一点。”

小茉莉和瘸腿猫均叹了口气，相互无奈地看了看，从他们两个的眼神里你都可以看出同样的意思："如果他是一只说假话的猫，咱们还可以教会它喵喵叫。可这个倒霉的人啊，咱们能教他什么呢？"

"照我说，"小茉莉说，"去掉几条腿，这幅画可能会更美。"

"你说的是什么话！这么一来，大伙儿都会笑话我了，批评家也会建议把我关进疯人院了。现在我想起来啦，我为什么拿着这把刀。我想剁碎我所有的画，我这就把它们都剁碎了。"

画家说着便拿着刀，露出一副吓人的样子走近了一幅画，就是那幅他称之为牛，可实际上却是有十三条腿之多的马的画。他举起手就要一刀挥下去，可他忽然又改变了主意。

"这可是我花了多少个月的心血啊！"他叹了口气，"要我亲手毁掉它真是太舍不得了。"

"你说得没错，"瘸腿猫说，"等我哪天有了一个记事本，我就要把这句话记下来，好让我一辈子也忘不掉。您可以在把这幅画剁碎之前，听听小茉莉的意见怎么样？"

"嗯，当然！"小香蕉应了一声，"这对我来说又没有损伤，要把画剁碎，我随时都有时间。"

于是他用刀犀利地刮起了一点颜料，把十三条腿中的五条给刮掉了。

"我觉得这样好多了。"小茉莉鼓励他说。

"十三减五等于八，"瘸腿猫说，"这下画两匹马正好。对不起，我说的是两头牛。"

"没关系，那再涂掉几条腿啊？"小香蕉问道。可还没等到他回答，他又涂掉了一双腿。

"好极了……好极了……"瘸腿猫鼓励他说，"现在差不多啦。"

"好，那现在怎么办？"

“只留下四条腿，你看怎么样？”

等到只留下四条腿时，只听见一声兴高采烈的嘶鸣，那匹马立刻从画布上跳了出来，满屋地小跑。

“咴嗬嗬嗬，太好了！现在我觉得舒服多了。在画上可是挤死了。”

墙上挂着一面小镜子，于是马一边跑，一边对着镜子把自己从头到脚看了个遍，然后心满意足地嘶鸣着说：

“多漂亮的一匹马啊！我真是一匹漂亮的马！先生们，真不知该如何感谢你们才好。如果你们去了我的家乡，我会带着你们玩个痛快的。”

“什么家乡？喂，停下来，站住！”小香蕉连忙叫道。

可此时马已经出了房门，到了楼梯口。只听见它的四个蹄子一级一级下楼梯的声音，一转眼，咱们的几位朋友就从窗户里看到，这匹威风凛凛的俊马穿过了大街小巷，已经出城去了。

小香蕉激动得浑身颤抖。

“说到底，那的确是一匹马，”等小香蕉恢复过来后便说，“它自己也这么说，所以我应该相信它，但我在小学里念书时，老师们给我看它的图，却教我发 n 这个字母的音：n—i—u，牛！”

“快，接着干，接着干，”瘸腿猫此时十分兴奋，喵喵地叫，“快看下面那一张。”

小香蕉走到了一只骆驼的前面。它的驼峰多得让人想起沙漠里的沙丘。接着画家开始涂掉多余的驼峰，只留下两个。

“这样真是好多了，”他一面使劲地涂一面说，“这么一来，这幅画就生动多了。你们觉得怎么样，它也会活过来吗？”

“只要够漂亮，它一定也会变活的。”小茉莉说。

可是等到涂完，还是一点动静也没有。骆驼还是待在画布上一动不动，淡漠不语。

“尾巴!”瘸腿猫突然叫了起来，“它有三条尾巴！这三条尾巴，都够骆驼全家用了。”

等那两条多余的尾巴也被涂掉以后，骆驼就非常神气地从画布上走了下来，并万分轻松地吐了口气，用感谢的目光看了瘸腿猫一眼。

“你能看出尾巴有问题，这真是太好了！我本来还以为要一辈子在这顶楼上呢。你们知道这附近有沙漠吗?”

“有一个，就在市中心，”小香蕉说，“那是市立沙漠，可这会儿已经关门了。”

“他说的是市立公园，”瘸腿猫向骆驼解释道，“真正的沙漠离这里至少有两三千公里呢。你可千万别让警察们看见了，要是被他们看见了就会把你硬拉到动物园里去的。”

骆驼临走前也照了照镜子，觉得自己很漂亮很满意。一转眼它也已经轻快地跑过了胡同。巡夜的见了它，简直不敢相信自己的眼睛，于是狠狠地掐了自己一下，好让自己清醒一下。

“看来我真的老了，”等骆驼拐个弯不见了时，他自言自语说，“我现在连值班的时候都会睡着了，竟梦见自己在非洲。看来，我得小心点了，要不然连饭碗都得丢了。”

可这会儿，就算是受到死亡的威胁也好，匿名信恐吓也好，都不能使小香蕉停手了。他从一幅画走到另一幅画，一边用刀子快速地刮着，一边高兴地叫道：

“这才是真正的外科手术。我在十分钟里做的手术，比大夫们在医院里做十天的还要多。”

画上本来都是人们胡说八道虚构出来的东西，等到涂掉这些东西后，画就变得漂亮起来了，符合真实，然后都活了起来。狗和羊跳下了画布，一同去周游世界了，或寻找幸福去了，或者是寻找耗子去了，如果是只猫的话。小香蕉只把一幅画剁成了粉碎。就是那个想要三个鼻子的宫廷大官的那幅画像。确实有这样的危险：等到那位大官只剩下一个鼻子时，他也有可能会从画布上走下来，然后指着画家说竟敢违背他的命令，并对画家臭骂一通。因此小茉莉也帮着画家把那幅画像剁成了纸屑。

这时瘸腿猫却在屋子里走过来走过去，好像在找什么东西。可是只要看它那副扫兴的样子就知道，它没有找到它想要的东西。

“只有马，骆驼，宫廷大官，”它轻轻地独自咕噜说，“可是连一块干酪皮也没有。就连耗子也没见到一只。看来谁也不喜欢贫穷的味道，饥饿比毒药还要命。”

它在黑暗的墙角里找啊找，终于找到了一幅布满灰尘的画。画的背面有一条百足，这条百足可能觉察到了危险，便马上迈着它那一百只脚，溜到边上躲起来了。它的确有一百只脚，因此就算小香蕉画画计算错误，也不会得罪到谁，因为真的东西是不会受到影响的。再来说说那幅画，它画成那样，只有想象力极其丰富的人才能看出那是一桌菜。比方说这盘可以被看作是一只怪物的菜，其实，是一只烤鸡，如果它只有两条腿的话，可惜腿太多了，有点像百足。

瘸腿猫心想：“这幅画上的东西，我这辈子都没见过。鸡竟然会有二十条腿。鸡要是真有二十条腿，那么所有的人家，饭馆老板，甚至是饿猫都会对此表示欢迎的！看来大部分的腿都得涂掉。可没关系，剩下的足够咱们三人分着吃了。”

于是它把画拿给了小香蕉，要求他动动手改一改这画。

“这是熟鸡，”小香蕉反驳说，“怎么可能会变活！”

“咱们现在正需要的是熟鸡而不要活鸡。”瘸腿猫回答说。

画家听了便不出声了。同时他也想起，他一直都在画画，从昨晚起就再没吃过什么东西了。

鸡虽然没有变活，但还是从画布上掉了下来，正冒着热气，香气扑鼻，好像刚从炉子上拿下来一样。

“作为一个画家，你毫无疑问是成功的。”瘸腿猫一面大啃着鸡翅膀（它把两只鸡腿留给了小茉莉和小香蕉），一面说，“而作为一位厨师，你也已经打破了所有的纪录。”

“要是有酒喝就好了，”小茉莉吃着便说，“可惜这会儿太晚了，大概所有的铺子都关门了。不过即使开着也没用，咱们没钱买。”

听此瘸腿猫猛然想出了一个主意，便对小香蕉说：

“为什么你现在不画一听酒，或者一小瓶呢?”

“那我试试看。”画家也灵感一动，便回答说。

他在画布上画了一瓶“基安蒂”红葡萄酒。等他一涂好颜色，哦，真是太妙了，要不是小茉莉及时抓住了瓶颈，酒瓶就要从画布上掉到地上了，到时酒都会淌到地上了。

于是，三个朋友开始为画干杯，为出色的歌唱家干杯，为猫干杯。可是一说到为猫干杯，瘸腿猫便忽然伤心起来。两个朋友于是问了它半天，想知道发生了什么事?

“说到底，”最后，它终于说了，“我根本就不是一只真猫，而是像半个钟头前从画里跳出来的那些动物。而且我只有三条腿。我还不能跟别人说这第四条腿是在战争中失去的，或者是被电车轧断的。因为这么说就是撒谎。可要是小香蕉……”

听到这。画家便已经拿起了画笔，一转眼的工夫就给它画上了一条腿，那是条多么漂亮的猫腿啊，就连穿靴子的猫都会喜爱上它。最好玩的是，这条腿马上就丝毫不差地长到了它应该长的地方。瘸腿猫起先有点不好意思，但接着便十分神气地在屋子里走来走去。

“啊，真是太美了！”它喵喵地叫着，“我觉得自己就像换了只猫一样啦。我已经变得这样厉害了，是不是应该把名字也给改一改。”

“我还真是笨啊！”可是这时小香蕉拍拍脑门大叫起来，“我用油画颜料给你画了这条腿，可你的其他三条腿却是用粉笔画的。”

“这没什么大不了，”瘸腿猫说，“就这样算了。谁也不会计较的。我还是留着我原来的名字吧。仔细一想，这名字挺配我的。因为我在墙上写了些字，现在右前腿的爪子至少被磨掉了半厘米。”

这天晚上，小香蕉把床让给了小茉莉睡，而自己则铺了一大堆旧画布，睡在了地板上。瘸腿猫则钻进了小香蕉挂在门上的那件大衣口袋里，睡得舒舒服服的，美梦一个接一个，还越做越甜蜜。

第十二章 瘸腿猫读《模范假话报》，读到后来万分的气恼

小香蕉一大早起来便带上了画笔、画布，充满灵感地出门了。他急着想要显显自己的本领。而小茉莉则还在睡觉。瘸腿猫送画家出了门，一路上给了他不少忠告：

“你可以画点花去卖。我保证当你回家时可以带回一大把这个奇怪国家专用的伪币。记着要画点这个月份还没开的花，因为当月的花可以在花店里买到。还有一个忠告：就是不要画耗子，画了会吓跑女人的。要知道我说这个是为了你好。对我来说，耗子倒是会叫我高兴。”

瘸腿猫跟小香蕉分手后，便买了份报纸，心想小茉莉一定会感兴趣的，不知他的音乐会被写成什么样。而这份报纸叫做《模范假话报》，自然登的都是些假新闻，或者讲的都是些黑白巅倒的事。

比方说报纸上有这么个报道，题目叫做《赛跑运动员波斯猫大获全胜》。报道是这样写的：

“著名袋中赛跑冠军弗拉维奥·波斯猫昨天在环国第十轮赛跑中获胜，比第二名到达的罗莫洛·巴罗尼快了二十分钟，比第三名到达的皮埃罗·克莱门蒂尼快了三十分十五秒。在获胜者之后一小时到达的一群赛跑者中，帕斯库阿利诺·巴尔济梅利在终点处猛冲向前。”

“这有什么好奇怪的?”各位也许会这么问道，“本来就有袋中赛跑这么个体育项目啊。要知道看这种赛跑甚至比看摩托车比赛和汽车比赛更加精彩。”我十分赞成各位的想法，可是读过《模范假话报》的人都知道，根本就没举行过什么“袋中赛跑”。弗拉维奥·波斯猫、罗莫洛·巴罗尼、皮埃罗·克莱门蒂尼、帕斯库阿利诺·巴尔济梅利和那一批赛跑者活到现在都还没进过袋中比赛，他们就是做梦也不会想要你追我赶过，更甚至在终点处冲到前面去。

其实，真相是这样的。报纸每年都会报道从未有人参加过的一轮又一轮的袋中赛跑。喜欢出风头，想在报上露露脸的人，就会花钱让报纸上说他们参加了比赛，并频频地把钱送去，好让自己当上获胜者。谁付的钱多，谁就是冠军。报纸上的措词从来不会小气，会对他大捧特捧，称他为“英雄”，或叫做“最高级赛跑运动员”，等等。冠军由谁来当全看谁付的钱多。哪天要是谁付钱太少了，报上就会说他们在半路上打盹，一级赛跑运动员会和普通运动员一样都偷懒。真是太可耻了。如果冠军波斯猫和巴罗尼珍惜自己在观众中的信誉的话，下一轮就得好好地加把劲儿。

波斯猫先生是一家点心厂的老板，他的名字被印在报纸上，是为了给他的点心做广告。因为他有很多钱，所以十有八九总是他得冠军。而人们则会在终点“亲吻他和祝贺他”，波斯猫迷们则会在夜间去他家窗下大唱小夜曲。这些都是报上写的。至于现实中的波斯猫迷别说唱小夜曲了，就连铜鼓也不会敲一下，这时他们正在自己的被窝里舒舒服服地呼啦呼啦大睡呢，对于这些我就没有必要再跟各位唠叨了。

在同一版上，瘸腿猫还读到了一个标题：《科尔内利亚街未发生任何惨剧。五人没有死亡，十人毫未受伤》。

报道中是这样说的：“昨天在科尔内利亚街十公里处，两辆高速对开的汽车根本没有发生碰撞。在从未发生过的撞车事件中，五人（下面是五个人的姓名）没有死亡，其他十人（下面是十个人的姓名）也没有受伤，因此全都没有必要送往医院。”可惜这不是一件杜撰出来的事，而是一个被颠倒报道的消息，事件和数目完全正确，只是被反过来说罢了。

关于小茉莉的音乐会的报告也是这样的。比方说报道里这样说道：“著名男高音歌唱家从音乐会开头一直沉默到音乐会结束。”报上还刊登了被毁坏了的剧院的照片，可下面却写道：“正如读者所见的一样，剧院安然无恙绝未出事。”

小茉莉和瘸腿猫一起读着《模范假话报》，感到十分的滑稽。报纸上还有文艺版，上面还登了这样的一首诗：

有一回维罗纳的厨师，
同只乌鸦把话拉：
“多么好啊多么好，
石头塞满一嘴巴，
多么妙啊多么妙，
用个锤子来剔牙！

“这里没有写出乌鸦的回答，”瘸腿猫说，“但我可以想象得出，它的嘎嘎声八成能从亚平宁山脉一直到安第斯山脉都可以听得到。”

在最后一版的最后一栏里还有一个短报，题目叫《辟谣》。小茉莉念道：

外传今晨三时，警察局在一口井胡同逮捕了玉米老太太及其孙女罗莫莱塔，现特郑重辟谣。有人还造谣说她们于今晨五时左右被关进疯人院，此事纯属子虚乌有。

警察局长

“局长是个骗子!”瘸腿猫叫起来，“也就是说，可怜的玉米老大娘和她的孙女已经跟疯子们一起被关在了铁窗里了。我可以肯定，这全都得怪我。”

“你瞧，”小茉莉打断了它的话，“看一下这一段吧。还有一个辟谣。”

这一次的辟谣是关于小茉莉的：

谣传警察正在搜捕著名男高音歌唱家小茉莉，这完全不符合事实。根本没有理由这样做，因为小茉莉对本市大剧院所受损失毫无责任。因此，任何人如知道小茉莉下落，请勿向警察局报告，否则将受严厉处分。

“事情真是遭透了，”瘸腿猫说，“你最好还是乖乖坐在家里，让我出去打听打听吧。”

小茉莉本不想抄着手静静地坐在家里等，可他也知道瘸腿猫说的是对。于是他等瘸腿猫走了以后，便一个人躺在了床上，拼命地忍耐着，准备熬过这漫长的一天。

第十三章　颠倒国有这么一条法令，谁不说假话就是有毛病

当我们跟玉米老大娘分手时，她正静静地站在门口，听着她那些小猫发出第一声喵喵叫。那时的她感到无比的幸福，就像一位音乐家突然有一天在桌子的抽屉里找到了搁置多年，还从未发表过的贝多芬交响曲。而当我们跟罗莫莱塔分手时，她正在指点瘸腿猫爬到顶楼去找画家小香蕉然后便跑回了家。老大娘和她的小侄女一转眼工夫就已经安安静静地睡在了被窝里，根本没有想到卡利梅尔的那封信已经惊动了整个警察局。在半夜三点，一个宪兵排带着几名警察，一下子涌进了她们家，命令她们把衣服穿上，然后把她们关进了监狱里。

宪兵队长在把捉来的人交给监狱长后，便重新上床睡觉去了，可他没有想到他的那个同僚是个形式主义者。

“这两人犯了什么罪?”

“老太婆教狗喵喵叫，小丫头在墙上乱涂乱画。这两个都是危险分子。我要是你，就会让她们坐牢，并加强守卫。”

“该怎么做我自己心里有数，”监狱长嘟囔着说，“好了，现在就让我们来听听她们还有什么要跟我们说。”

第一个被审问的是玉米老大娘。她现在根本不怕被逮捕。现在她的

那七只小猫已经重新学会喵喵叫了，没有比这更能够让她高兴的了。因此无论问她什么，她都能非常安然地回答。

“不对，它们不是狗，是猫。”

“可记录上明明写着，它们是狗。”

“那根本不对，它们是猫！它们会逮耗子。”

“会逮耗子的正好是狗。”

“不不不。我的老爷，它们是猫。猫本来就该喵喵叫。我的猫本来也跟咱们城里的所有猫一样都是汪汪吠的。可昨天晚上真是太幸运，它们竟然开始喵喵叫起来。”

“这个女人疯了！”监狱长说，“应该把她关进疯人院。再说一次，太太，您是在跟我们讲神话故事吗？”

“我说的都是真的，地地道道的真话。”

“好，我全明白了！”监狱长叫了起来，“她不过是个疯子，我这里不能收她。这个监狱只关正常人。”

宪兵队长本来只想好好地睡一觉，眼看着这个希望就要落空了，便极力地表示反对，可是没用，监狱长还是把玉米老大娘和她的整个案子都退还给了他。

接着便是审问罗莫莱塔。

“你在墙上写字了吗？”

“是的，说真话，我写了。”

“听到没有？”监狱长又叫了一声，“她也疯了。把她也关进疯人院吧。请快把这小丫头也带走，让我静一静。我可没工夫跟疯子打交道。”

宪兵队长被气得脸都青了，可没有办法，只好把刚捉来的两个人重新装进了汽车，然后送到了疯人院。疯人院马上收留了她们，并把她们一起放进了一个大统间里，让她们和其他的疯子，也就是那些因为说真话而被警察逮捕的人，关在了一起。

可这天夜里事情还没有结束。说真的，各位想知道宪兵队长回到他的办公室后，什么人正在等他吗？是卡利梅尔·威克塞尔。他把帽子拿在了手里，脸上堆满了最卑鄙的笑容。

“您来这里干什么？”

“大老爷，”卡利梅尔鞠了一躬，然后装出一脸谄媚的笑容，嘟嘟囔囔地说，“我是来领取那一万伪塔列尔的。那是我应得的赏金，因为我的效劳，你们才把咱们国王的敌人都捉住了。”

“啊，原来那信是你写的啊，”宪兵队长沉思了一会然后说道，“可是，您写的都是真的吗？”

“大老爷，”卡利梅尔立马叫了起来，“我敢赌咒，都是千真万确的！”

“啊——！”这回轮到宪兵队长叫了起来，脸上还露出了阴险的笑容，“竟然您已经断定自己说的都是真话了。那就对了，老朋友，我早先就觉得您是疯子了，如今您亲自为我证明了这一点。开步走吧！跟我上疯人院去！”

“大老爷开恩啊！”听到这，卡利梅尔已经急得叫了起来，帽子也被丢在了地上，拼命地用脚踩着，“你这样对我不公平！我是假话之友，关于这一点，我已经在信上都写清楚了。”

“您真的是假话之友？”

“是的！千真万确！我向您赌咒！”

“瞧瞧您又被我给捉住了，”宪兵队长又得意洋洋地说，“这已经是你第二次向我赌咒了，说您说的都是真话。您说得已经够多了！等到了疯人院，您会有很长的时间使自己安静的。您现在显然已经疯得无药可救了，要是再不进疯人院，可就有可能会对社会秩序造成威胁啦。”

“您想独吞我的赏金!”这下卡利梅尔开始大叫大嚷起来，想要挣脱宪兵们的手。

“你们听见什么了吗？没别的，他只不过是一个疯子罢了。现在给他穿上拘束衣，然后用布块堵住他的嘴巴。至于赏金，呵呵……我可以向上帝保证，只要我的口袋能保住这笔钱一天，您就一天也别想拿到一个子儿。”

就这样，卡利梅尔也被关进了疯人院，不过他是被关在一间蒙上了厚毛毡的单人病房里。

宪兵队长正想上床去睡觉，可这时候从全市四面八方纷纷打来了报警电话：

“喂喂，是警察局吗？在我们这里的郊区有只狗在喵喵叫。说不定那是一只疯狗。快派人来把它捉走。”

“喂喂，是警察局吗？捉狗的都是干什么吃的？我们的大门口有一只狗在喵喵叫，已经叫了半个钟头了。要是到了明天早晨还不把它捉走，就没人敢出门了，现在大家怕它咬人呢。”

宪兵队长马上招来了所有捉狗的人，让他们排成队后，便派了最好的宪兵，让他们带着这些人到全市去捉捕那些“喵喵叫的狗”，换句话说，就像各位心里想的一样，他们是去搜捕玉米老大娘的那七只小猫。

不到半个小时，那只最小的小猫就被促住了。它正喵啊喵啊地叫着，却不知道怎么回事，就被包围了。它见周围有那么多人，以为他们聚拢来是为了祝贺它的，便喵喵地叫得更起劲了。一个捉狗的人咧着嘴露出了一个友好的笑容，慢慢地走到它的身边，并在它的背上抚摩了几下，便一把抓住了它的后颈皮，然后装到了他的口袋里。

七只小猫中第二只被捉的，是在它爬上马雕像的马鞍后，正在向一小群小猫喵喵地发表着演说。那群猫正露出疑惑的表情，半信半疑地听着它的演说，可一见它被捉了，便又害怕地汪汪大叫起来。

第三只小猫被捉时，正在跟一只狗在吵架。

“笨家伙，你干吗喵喵叫啊?”小猫问狗说。

“那你说我该怎么叫啊？我是猫，当然应该喵喵叫。”狗回答说。

“我看你真是笨透了。怎么，难道你从来没照过镜子吗？你是狗就应该汪汪吠。只有像我这样的猫才应该喵喵叫呢。听听我的！喵喵喵!”

最终，它们两个吵了起来。于是捉狗的一下子就把它们俩都给逮住。不过最后他们把狗放了，因为它有权喵喵叫。

紧接着他们又捉住了第四只小猫、第五只小猫、第六只小猫。

“好，现在只剩下一只了。”捉狗的和宪兵们如今都你一句我一句地相互安慰着，说实话，他们现在已经很累了。

可是经过很长时间的搜索后，他们捉到的却不是一只喵喵叫的猫，而是整整两只，对此，他们都惊呆了!

“多出来一只。”一个宪兵说。

“这准是被传染了。”捉狗的连忙加上了一句。

两只猫当中，有一只是玉米老大娘家的，另一只则是汪汪，在前面咱们已经碰到过了。它经过仔细的考虑后，得出了一个结论，就是瘸腿猫劝它喵喵叫是有道理的，便照它说的喵喵叫了起来，可到了后来，它想汪汪叫也不可能了。

汪汪没有做任何抵抗，便让他们把自己给逮住了。而那第七只小猫也就是七只小猫中最大的那只，却十分地灵活，一下子就爬上了树，蹲在了树枝上，开心地笑了，还喵喵地大唱猫歌剧中最好听的几支咏叹调，弄得捉它的人都快被气疯了。

一大堆人很快围拢了上来来看这出千载难逢的好戏，就像平常一样，观众们分成了两派。一派是正统派，他们都催促着宪兵们赶快结束这场丑剧。另一派则是开玩笑派，也许还有别的派，他们“可怜”这只小猫，给它打气，也大声叫着：

“喵！喵！”

不仅有人，猫也围了一大堆。它们也都对着它们这个同类汪汪地吠着，一半是出于妒忌，另一半是出于生气。不时还会有几只也受到了传染，开始喵喵地叫起来。于是捉狗的人马上向那些大胆的东西扑了上去，也把它们塞进了自己的口袋里。

最后在无可奈何下，他们只好把消防队叫了来，然后把树烧着了，把那只倔脾气的、喵喵叫个不停的小猫逼下了树。就这样，那群围观的人又欣赏到了一场小火灾，然后才高高兴兴地各回各家了。

最后喵喵叫的猫一共有二十只。它们全都被送进了疯“人”院，因为它们用它们的方式说了真话，当然就成了疯猫了。疯人院院长也不知道该把它们放在哪里。他考虑了半天，便吩咐人把它们全都送到了卡利梅尔·威克塞尔待的那间单人房里。大家一定可以想象得到，这个告密者在看到这群猫时是多么生气，因为它们让他想起了自己是为什么来这里的！不到两个钟头，他真的发疯了，开始喵喵地大叫起来。他觉得自己就是一只猫，有一只耗子不小心，想要从大房间跑过去，第一个向它扑过去的就是他。可耗子还是溜进了洞里，只留下一条尾巴卡在了卡利梅尔的牙里。

瘸腿猫把这些消息都收罗来了之后，便回家了，想要把它们都告诉小茉莉。可还没等它进门，就猛地听到了它极其熟悉的男高音的歌声，他正在唱他家乡流行的一支歌，而这支歌曾给他带来了天大的灾难。

瘸腿猫想：“这回我可以一起举起我的四条腿——包括那条新添的腿——发誓了，小茉莉已经睡着了并且还在做梦。我要是再不赶紧去叫醒他，警察就要把他抓住了。”

可这时它看见有一大群人围在房子旁边听着他的歌。他们谁也没有动，也没有发出一点儿声音。即使不断有玻璃被震碎了，也没有人提出抗议。如此美妙的歌声好像把大伙儿都迷住了。瘸腿猫还注意到人堆里有两个年轻警察，可他们也和大伙儿一样，满脸的喜悦。大家应该早已经知道了，警察们都已经接到了命令去逮捕小茉莉，可这两个警察倒好。压根儿没想起自己的任务。而另外一队警察已经向房子这边走来了。他们的队长正用鞭子在人群中开路呢。他准是有点耳聋，因为他完全没有被小茉莉的歌声感动。

见此，瘸腿猫立刻撒开了腿飞奔上楼，像闪电似的冲进了顶楼。

“起来！快起来！”它一边叫一边用尾巴扫小茉莉的鼻子，“音乐会结束了！警察来啦！”

小茉莉慢慢地张开了眼睛，拼命揉了揉眼，问道：

“我这是在哪儿？”

“我可以告诉你，再不走，你这就要被抓去坐牢了。”

“怎么回事，难道我又唱了？”

“快走吧，从屋顶上逃走！”

“可这是你猫的做法。我可不会在瓦片上跳。”

“那你快抓住我的尾巴。”

“咱们要上哪儿去？”

“只要离这儿远点，上哪儿都行。”

刚说完瘸腿猫便带头穿过了顶楼的窗子，跳上了屋顶。小茉莉没有办法，只好闭上眼睛免得头晕，跟着它跳了出去。

第十四章　本韦努托一直站着不坐这到底是为了什么

幸亏城里这一带的房子都是一间接一间的，就像桶里的鲱鱼一样，因此小茉莉在瘸腿猫的鼓励之下，毫不费力地从一家屋顶跳到另一家屋顶。瘸腿猫倒是希望屋顶之间的距离可以再宽一些，如此，它跳起来就过瘾了。可没想到小茉莉脚一滑，便掉到了一个小阳台里。此时，正有一个小老头在那儿浇花。

“请原谅！”小茉莉揉了揉被跌痛了的膝盖说，“我本来完全没想以这样的方式到您家里来的。”

“请不要客气，孩子”小老头很客气地说道，“您能来看我，我很高兴。您还是先告诉我有没有跌伤吧？希望您没受什么伤？”

此时，瘸腿猫也正从屋顶上往下瞧，喵喵地说：

“我能到你屋里去吗？”

“噢，这还有一位客人啊！”小老头非常地高兴地说，“来吧来吧，非常欢迎你们的到来。”

小茉莉的膝盖开始一点一点地肿起来。

“真是非常抱歉，”小老头接着说，“我连给您坐的椅子也没有。”

“那咱们把他放到床上去吧，”瘸腿猫提议说，“当然，如果您同意的话。”

“可糟糕的是，”小老头难过地说，“我连一张床也没有。要不我去向邻居借张沙发椅来。”

“不要不要，”小茉莉赶紧阻止说，“我坐在地板上也可以。”

“那就进屋吧，”小老头说，“您先在地板上坐一会儿。我去给您煮点香喷喷的咖啡。”

小老头的屋子很小，但很干净，摆着的都是漂亮的上光家具。有桌子、餐具柜、大柜，可就是没有椅子和床。

“难道您一直都站着？”瘸腿猫问。

“是啊，没有办法。”小老头回答说。

“那您也从来不睡觉吗？”

“有时候能站着睡会儿，可那很少见，一个星期都睡不到两个钟头。”

听此小茉莉和瘸腿猫便对看了一下：

“又是一位讲怪话的老头。”

“请原谅我的好奇，请问您多大岁数了？”瘸腿猫又问道。

“我也说不准。我是在十年前生下来的，可我现在约摸是七十五六岁的样子吧。”

小老头一看两人脸上的表情，就知道他们不相信他的话。于是，他叹了口气又说：

“这不是假话。可惜就有那么些事，叫人不相信，却又是千真万确的。如果你们要听，我可以趁煮咖啡的时间，把这件事讲给你们听听。”

“我叫做本韦努托，”他开始慢慢地讲起故事来，“可大家都叫我‘一分钟也不坐的本韦努托’……”

话说本韦努托的爸爸是一个收破烂的。本韦努托一生下来就能活蹦乱跳了，这样的娃娃可是从来没有人见过的。说真的，还没来得及给他取名字呢，他就已经可以掀开被子跳下床了，并开始满屋子跑来跑去。晚上他还睡得好好的，可到了早上一看，床变小了，他的脚已经伸到了床的外面。

“看来他是想急着长大，好帮家里干点儿活呢。”他的爸爸曾满怀安慰地说。

每天晚上让他睡觉时，所有东西都和他挺配的，可一到了早上，就会发现衣服小了，鞋子也紧了，要穿的衬衫，根本就穿不上了。

“没关系，”他妈妈也说，“好在我们家是收破烂的，破布块多的是，我这就来给他缝件新衬衫。”

可才过了一个星期，本韦努托就已经长得比同龄孩子更高更大了，于是邻居们劝他爹娘说，是不是应该送他上学了？

于是他妈妈把他带到了老师那儿，这回老师可真的生气了：

“您为什么不在开学的时候把他送来呢？现在复活节都快到了，我还怎么收他啊？”

妈妈向他解释了一翻，说本韦努托生下来才只有七天。老师这一听，更生气了：

“七天？太太，我们这儿可不是托儿所！你们还是再过个六年再来吧，到那时再说。”

可他还是把他留了下来，并把教室日志放了下来，一看，发现本韦努托的个子比他所有的学生都高。于是他让本韦努托坐在了最后一排，并开始教他二二得四。

等中午下课铃声一响，所有的孩子都从坐位上跳了起来，排着队离开了课堂。只有本韦努托仍然坐在位子上一动不动。

“本韦努托，”老师叫了他一声，“快过来排队呀！”

“老师，可我站不起来。”

确实如此，他从早上八点坐到了中午十二点，课桌椅又开始嫌小了。没办法，只好叫校工帮他从课桌椅里爬出来。

第二天早晨便让他坐了大课桌椅，可到中午吃饭时他又站不起来了：课桌又椅变小啦。他就像老鼠落到了老鼠夹子里一样，怎么都出不来。于是只好叫木匠来把课桌椅给拆了。

“看来，明天得到五年级那里去搬一张课桌椅来了。”老师无奈地搔着后脑勺自语道。

然后他又吩咐搬来了一张最大的课桌椅。

“好。现在你觉得怎么样？”

“很舒服。”本韦努托很高兴地回答道。

为了证明他说的是实话，他几次站起来又坐了下去。

可到了中午下课铃一响，这张课桌椅还是变得太小了，于是又请了木匠来。

对此，校长和市长开始说话了：

“这究竟是怎么回事啊，老师？难道您忘了要保持课堂的纪律吗？今年你这一班有多少课桌椅被碎成了木片。您必须把那些小淘气们都管得严些，每天买一张新课桌椅我们可办不到。”

于是他的父母只好带着他去找城里最好的大夫，详细地告诉了他发生的一切。

“咱们先来试试。”大夫说着，便戴上了他的眼镜，打算要好好地瞧瞧。

他把本韦努托横量竖量了个遍。

“现在坐下。”接着他便对本韦努托说。

本韦努托扶着椅子坐了下来，等了一分钟，大夫又吩咐他说：

“现在可以站起来了!”

于是本韦努托又从椅子上站了起来，大夫又重新测量了他的身长和胸围。

“唔——”他边说边用手帕擦拭着他的眼镜，好像是要弄明白他的眼镜是否出了毛病，又说，“再坐下。”

他让本韦努托一会儿坐下，一会儿站起，反反复复地做了好几次，最后说：

“这可真有意思。这孩子得了一种非常怪的病，这种病到目前为止还没出现过。症候是：只要这孩子一坐下便会飞快地长大，一分钟相当于一整天。至于他这病的治法嘛，得老站着，要不然，几个星期后他就变成一个长满了白胡子的老头了。”

自从听了大夫的诊断后，本韦努托的生活就发生了巨大的变化。学校也专门为他做了一张课桌椅。老实说那根本不是椅子，因为没座位，这样他就没法坐了。等到了家里他现在只好站着吃饭了。他只要在灶前一坐下，就能马上听见有人在叫他：

“喂，还不快起来，难道你想早点变老吗?”

“快起来起来，你想要变得满头白发吗?”

大家也许会问：“那他还能上床睡觉吗?”他要是不想第二天一早起来长了一把白胡子，那么就想也别想上床睡觉的事。本韦努托于是只好像马那样站着睡觉。因此那些多事的大婶就给他取了个绰号，叫“一分钟也不坐的本韦努托”，于是他的这个绰号就让人叫了一辈子。可不幸的事还是发生了，他那收破烂的爸爸病危了。

“本韦努托，”他在去逝之前对儿子说，“现在你得好好照顾你的妈妈了。她现在年纪大了，没法干活了。你得去找一个正当的活儿干。再说，工作对你来说也是件好事。只要你一直地工作着，你就会永远地年轻，因为你会没时间坐下来休息。”

等第二天埋葬了他的爸爸后，本韦努托就想去找份活儿干。可大伙都笑他：

“给你活干，小子？难道你以为我们这儿是在玩木偶洋娃娃，玩游戏棒吗？你年龄太小，进工厂做工不适合。”

“你想干活？如果我们用了你是要被罚款的，这儿禁止雇用童工。”

本韦努托也没跟他们争，只是一个劲儿地想办法，究竟怎样才能摆脱眼前的这种境况呢？

他回家后就在镜子前坐了下来，静静地等着。

“大夫说只要我一坐下来就会很快地长大，我这就来试试这话是不是真的……”

才过了几分钟，他就发现自己长大了不少，鞋子开始变得挤脚了。他脱掉鞋子一看，发现这双脚着实变大了。他又照了照，一看便呆住了。

“奇怪，这家伙是谁呀，嘴唇上长满了黑胡子，还老直直地盯着我看？我肯定我一定认识他，这个脸好像在哪儿见过……”最后他想到了，便开始哈哈大笑起来，“这可不就是我自己嘛！一点不错，我这么快就长大了。好，现在我得站起来了，不能再长了，我可不想变老头子。”

他妈妈猛一见面前站了个小伙子，高高的个子，肩膀宽宽的，还有两撇像宪兵一样的黑胡子，再加上说话时那低沉的声音，大家可以想象一下，她当时是多么的惊讶啊。

“本韦努托，我的好孩子，你长大了。”

“长大了就好，妈妈。您瞧，现在我可以干活了。”

于是他不再去找工作，而是从板棚里拉出了他爸爸留下的小车，开始推着它满城地边走边吆喝：

“收破烂啊，收破烂啊！”

隔壁那些大婶们听见他那响亮的声音，纷纷从门里向外看。

“多俊的小伙子！您从哪儿来啊？”她们都问道。

“‘一分钟也不坐的本韦努托’！难道就是你？”

“是我，大婶。不要怀疑。我坐在椅子上睡了一觉，醒来后便长出胡子了。”

就这样，本韦努托开始了他的打工生涯。大家都很喜欢他。因为他从来不坐，老是动来动去地干活，时刻准备着帮助别人，从来不休息。这样的人谁会不喜欢呢？有一回大家甚至想要推选他当市长。

“我们需要的就是你这种人，你永远不会在沙发上闲坐……”

可是本韦努托却谢绝了大家的好意。

没过几年，他的妈妈也过世了。

本韦努托心里想：“现在就剩下我一个人了。可我还是不能闲坐着，不然我就会很快老去。我去周游列国吧，去看看世界上有什么新奇的事。”

下定决心后。他便把所有的破烂都装上了他那辆小车，开始去周游世界。因为他可以整天整天、整夜整夜地走从不停歇，因此他变得见多识广，跟各种各样的人都聊过天。

“您真是一个让人喜欢的小伙子！”人们常常这样称赞他说，“跟我们一块儿坐下来，谈谈天吧。”

“我站着说话就行。”本韦努托常常这样回答说。

他就这样一直走啊走的，一点也没有变老。可有一回他路过一间破房子，看到了一个叫他心酸的场景：床上正躺着一位生病的妇人，而床边有一大堆孩子正坐在地上，一个比一个哭得响，哭得让人心痛。

“唉，小伙子!”那妇人见到他后，便对他说，“要是你有时间，请进来坐一会儿吧。我现在无法起身，也没法哄孩子们睡，可他们的每一滴眼泪就像一把刀子一样扎得我心痛。”

于是本韦努托走进了屋子，并把一个孩子抱了起来，开始在屋子里走来走去，一边走还一边唱着催眠曲哄他睡觉。渐渐地，他把孩子们一个个都哄睡了，可有一个最小的孩子怎么也不肯睡。

“您抱着他坐一会儿吧，”那妇人恳求他说，“您一坐下来，他就会马上睡着了。”

于是本韦努托走到了灶旁边，找了一张凳子坐了下来，那孩子马上就不哭了。那是一个很可爱的男孩，他一笑，整个屋子都会亮起了。因此，本韦努托扮了许多个鬼脸来逗他笑，后来还唱歌给他听。孩子最后终于睡着了。

“我衷心地感谢您，”那妇人说，“如果没您，我就要急得自杀了。”

“噢，千万别开这种玩笑。”本韦努托连忙答道。

在他出门时，无意间往墙上的镜子照了照，发现自己长出了白头发。

本韦努托心想：“我只要一坐下来就会很快变老，我怎么把这给忘了。”可是他马上又耸了耸肩膀，回头看了一眼那些熟睡的孩子们，然后又上路了。

又有一次，他夜里路过一个小村子，见一个小窗里还有亮光。原来是一个小姑娘正坐在纺车后面，一面纺线，一面伤心地叹气。

“您怎么啦?”本韦努托担心地问道。

“我已经三天三夜没合眼了。可我今夜就得把活干完，要不然，他们就一个子儿也不会付给我，我的家人就得挨饿了，而且说不定我的纺车也要被拿走。这会儿无论什么事我都会答应，但求能睡一会儿，哪怕半个钟头也可以。”

“半个钟头也不过是三十分钟而已，”本韦努托心想，“也许我可以替这小姑娘纺三十分钟的线。”

于是他说道：

“那好，您去睡一会儿吧，我来替您一会儿。我很想在这纺车旁坐一会儿。它是如此的美，纺起线来又那么的好。半小时以后我会来叫醒您。”

于是小姑娘便在长凳上躺了下来，马上就像一只小猫似的睡着了。而本韦努托则在纺车旁边坐了下来，可一直没忍心叫醒那位小姑娘，因为每次走到她身边时，就会觉得她一定是在做美梦。

于是直到天亮太阳出来时，他才把小姑娘叫醒。

“我的天，我睡了整整一夜，可您一直在帮我在纺线！”

“不要紧，不要紧，我干得挺高兴的。”

“可您的头上都沾满了灰尘！”

本韦努托想：“这一次我不知又老了几岁啦？”可他并没有为此而难过。他完成了小姑娘托他做的事，瞧她现在脸上多么高兴啊。

又有一次，本韦努托遇到了一个倒霉的老头儿，眼看着他就要死了。

“真是太遗憾了，”老头儿一直叹息说，“太遗憾了，在临死之前我再也不能跟谁打一次牌了，就得这样去那个世界了。我所有的朋友都已经死了。”

“嗯，不就是打牌嘛，”本韦努托说，“我可以跟您打一次。”

于是他们就开始打起牌来。本韦努托本想站着打的，可老头儿责怪他说：

“你这么站着，我的牌都被你看见了。你一准是想这么赢我，好欺负我这个可怜的老头儿。”

于是本韦努托只好坐了下来，直到牌打完才能站起来。因此他打得很慌乱，牌也打不好了，老头儿于是赢了一局。老头儿高兴地连连搓着手，就像一个小孩子想钻进别人的果园里偷梨吃，而且最终吃到了一样。

“再打一场。”老头儿高兴地建议说。

本韦努托本想起身离开了，因为这个老头儿已经占用了他一生中的许多天，许多个月，或许许多年。可他不愿让这可怜的老头儿伤心。便继续坐了下来打了第二场，第三场。老头儿于是高兴了，好像年轻了不少。

“他的岁数都转到我身上来啦。”本韦努托看了看老头儿屋子里挂着的那面镜子，叹息道。

如今本韦努托的头发已经全白了，就像盖了一层雪一样。

“嗯，这也没什么。这老头儿只是想赢一场牌，谁知道他已经想了多久了呢。”

就像这样，咱们的本韦努托每帮一次人，就得坐下来一会儿，于是头发越来越白了。后来他的背也渐渐开始变弯了，就像被一阵阵狂风吹弯了的树一样。眼睛也没有原先那么好了。“一分钟也不坐的本韦努托”越来越老了，到了后来连一根黑头发也没有了。熟识他的人都说：

“你这样做又有什么好处？要是你只想着你自己，那你现在还能像小麻雀一样活蹦乱跳。”

可是“一分钟也不坐的本韦努托”却不这么想。他的每一根白发都让他想起一件自己做过的好事。他为什么要后悔呢？

“与其把你的生命零零碎碎地分给大家，还不如你自己把它保留下来好呢。”隔壁的那些多嘴大婶也对他说。

可是本韦努托还是微笑着摇了摇头，心里想，他的每一根白头发都送给了他的一个新朋友，他有成千上万个朋友，已经是朋友遍天下。你们有这么多朋友吗？你们想要有那么多的朋友吗？

本韦努托就这样仍然到处地走着，如今虽然他拄上了拐杖，而且常常需要停下来喘口气，可他还是没有停下脚步。他就这样走啊走，最后来到了假话国。在这里，他过着像他父亲那样捡破烂的日子。

“既然您到过那么多的国家，”瘸腿猫打断了他的故事，开始提意见说，“那为什么不给自己挑个好点儿的地方住呢？”

“一分钟也不坐的本韦努托”笑笑道：

“因为这里的人需要帮忙。毫无疑问，这里是世界上最不幸的国家，所以，这是最适合我的地方。”

“没错，这是一条非常正确的道路！”小茉莉说完老头儿的故事后，便热泪盈眶地叫着说，“现在我明白了，我该拿我的嗓子来做什么了。与其满世界地到处乱跑，震坏一切东西，还不如用我的嗓子使人们快活呢。”

“你这样做可不是一件容易的事，”瘸腿猫说，“比如说，你要给孩子们唱催眠曲，反而会让他们睡不着。”

“可把睡着的人吵醒有时候也是一件好事。”本韦努托温和地建议道。

“我一定要完成这个任务。”小茉莉用拳头狠狠地捶了一下地板说。

“但现在，”瘸腿猫说，“你必须先治好你的膝盖。”

一点也没错，小茉莉的膝盖已经越来越肿了，他已经不能站起来了，也不能走路了。于是他们决定让他在本韦努托家里待到伤好为止。而且“一分钟也不坐的本韦努托”从来不睡觉，在夜里可以看着小茉莉，好让他睡着时不再唱歌，免得再次引来警察的注意。

第十五章
在这一章里诸位读者可以读到，小香蕉怎么坐牢又为什么坐牢

大家一定不用花多少时间就能马上记起来，小香蕉那天一早就出去寻找快乐了。他当时根本没有什么打算，只不过是想干点儿什么事，好向人们显示自己的神奇能力而已。

城市也才刚刚苏醒。打扫院子的人在用水龙带冲洗着街道，还不时地同蹬着自行车上班的工人开着玩笑，而这些工人则随时有着洗一个冷水澡的危险。这是个充满快活和非常晴朗的时刻。小香蕉停在了人行道当中，觉得脑中的灵光像鲜花般怒放。他甚至闭上眼就能闻到它们的香味，好像在他的四周，就在人行道上，一下子开满了成千上万朵紫罗兰。

“这可真是个好主意!”他似乎下定了什么决心。

这时他正在一家工厂的大门口，于是就坐在了人行道上，然后从盒子里掏出了各种彩色粉笔，开始动手画了起来。几个工人见此便一下子围住了他。

“我敢打赌，”其中一个说，“他要画的是帆船，或者是画头上围着光圈的圣者。只是一般都有只狗，嘴里叼着一顶帽子，走来走去地帮他要钱，可那只狗在哪儿呢?”

“我听说过这么一件事，”另外一个说，“有一次，一位画家在地上画了一条红线，四周站满了人，拼命地想猜出这条红线有什么意义。”

“这究竟有什么意思啊？”

“大伙儿于是就问画家，画家回答说：‘我是只想试试有没有人能从这条线的底下而不是从这条线的上面过去。’接着他便把帽子拉到了脑门上，走开了。他八成有病。”

“可这个人好像不是疯子，”有人说，“你们看。”

此时的小香蕉头也不抬的，飞快地画着，快得都让人看不清楚他的手是怎么动的。他刚才脑中的想象好像在人行道上实现了一样——出现了一丛丛美丽鲜艳的紫罗兰花。虽然这只是画上去的，可真是太美了，到了后来，空气中似乎真的散发出了紫罗兰的香气。

一个工人低语道：

“我好像闻到了紫罗兰的香气。”

“说话小心点，要是不想坐牢，你最好叫它西葫芦。”他的伙伴连忙劝他道，“不过你说对了，我也闻到了它的香气。”

小香蕉的四周渐渐地静了下来。只听见粉笔画在人行道上的簌簌响，每画完一笔，紫罗兰的香味就更浓些。工人们真是惊讶极了。他们毫无自知地不断地把手里的那包早饭从左手换到右手，有些则勉强装作在看自行车的车胎有没有漏气，且对小香蕉的每一个动作都看得清清楚楚的，非常高兴地拼命地吸进那些让他们心旷神怡的香气。

汽笛响了起来，可是没有一个工人离开去工厂上班。他们只是不断地叫好：“真棒！”小香蕉抬起头，看了看他们的眼睛。在这些眼光中看到的都是满满的喜悦，他都有点不好意思了。于是他赶紧收起粉笔，走开了。

一个工人连忙赶上了他说：

“你怎么啦？为什么走啊？只要你再画一分钟，我们就把身上带的钱全都给你。我们还从来没见过这么美的画呢。”

“谢谢，”小香蕉只好轻轻地不断地道谢，“谢谢。”

说着他便穿过了马路，想独自一个人待会儿。

他的心跳得很快，只见上衣胸前那块都鼓了起来，就像藏着一只小猫似的。小香蕉感受到了前所未有的满足！

他在城里转了半天，并没有特别想画的。他的脑袋里闪过千百个念头，但都好像不合适。

忽然他看见了一只狗，脑子里闪过一道灵光。于是他就在他产生灵感的地方，在人行道上蹲了下来，开始画了起来。

世上总是有那么些路人，无所事事，整天从这条街荡到另一条街，他们要么是职业路人，要么就是失业者。因此没过多久，小香蕉的周围又围满了观众。

“快看这怪人，他在画猫。真是的谁想看猫啊，咱们城里多的是。”

“这可不是只普通的猫。”小香蕉非常高兴地回答说。

“你们听见了吗？他说他画的不是普通的猫，那大概就是戴着眼镜的猫吧？”

可突然间，谈话像被魔法定住了一样，停了下来，因为等小香蕉刚画完狗尾巴的最后一笔，狗就立刻从画里走了出来，兴高采烈地汪汪叫了起来。人堆里发出了惊讶的叫声，于是警察马上赶到了出事地点。

“什么事？发生什么事了？我看见了，我看见了！不，不，不，说得更准确点是我听见了：猫在汪汪叫。我们有喵喵叫的狗难道还不够吗！现在又来了一只汪汪叫的猫！天那！这猫是谁的？”

于是这堆人很快就散开了，因为没有人会笨得回答这个问题。只有一个倒霉的家伙，他就站在警察旁边，溜不掉，他的手被警察给一把抓住了。

“这猫是他的。”他只好指了指小香蕉低声说。

于是警察放开了他，把小香蕉给揪住了：

“那好，你跟我来！”

小香蕉也没做任何反抗。他把粉笔往口袋里一塞，仍然挂着笑脸，跟警察走了。而那只狗则把尾巴一卷，干它自己的事去了。

小香蕉被关在了一间单人牢房里，等待着警察局长的开恩审问。可是小香蕉的手又想画了，开始痒了起来。于是他画了一只小鸟，然后想把它放走，可是那只小鸟不愿离开他，便蹲在了他的肩膀上，非常亲热地啄了啄他的耳朵。

“我明白了，”小香蕉说，“你是肚子饿了。”

于是他很快地画出了几颗谷子，这倒使他想起自己也还没吃早饭。

“我只要两个煎蛋就差不多了，不过再吃个大桃子也不坏。”

于是，他把要吃的东西都画了出来，一下子，煎蛋的香味飘散了开来。香味透到了门外，钻进了狱卒的鼻子里。

“唔……好香啊！”那小伙子一边说着，一边还伸长了鼻子拼命地吸了几口，好似要把所有的香味都吸进去。

可渐渐地他产生了怀疑。他眯起一只眼想通过门缝往牢房里看。只见里面被关着的人正津津有味地在大吃着煎蛋，这使他不由地呆住了，脸上充满了惊讶的神情，而这副样子，正好让警察局长看见了。

“好哇！”警察局长气极了，大叫起来，“你真是好样的！看来，我们从饭馆里叫了菜来请犯人吃啦！”

“我也……我也……”那狱卒被吓得一时都说不出话来，只好反复地说着。

“你怎么啦，难道你忘了监狱的规矩吗？食物只给面包和水，水和面包，别的什么都不能给！”

“我也……不知道是怎么回事？”狱卒终于把整句话都说了出来，“也许是他偷偷地把鸡蛋放在了口袋里带了进来。”

“就算你说对了，那么炉子呢？我不在这里，你们倒是出了个新花样啦：牢房带个厨房。”

可这时警察局长也发现，牢房里根本没什么炉子。小香蕉为了不连累那狱卒，便说了出来，他是如何弄到这顿早餐的。

“你以为我是傻瓜吗？”警察局长疑惑地听完他的话后说道，“我现在就命令你给我画一盘白酒烩比目鱼，怎么样？”

小香蕉并没有再反驳，只是拿起一张纸，开始把他要的菜画了出来。

“要香芹菜吗？”他一边画还一边问。

“要香芹菜，”警察局长也冷笑着回答说，“你真把我当傻子了。等你画好了，我要你把这张纸都吃下去。”

可等小香蕉一画好，纸上就散发出了白酒烩比目鱼的香味，一转眼，当着警察局长的面，桌子上就出现了一道热气腾腾的菜，它好像在说：“请吧，请来尝尝我们的味道吧。”惊得警察局长差点把眼珠子都瞪了出来。

“尝尝看吧！”小香蕉说，“饭菜都预备好啦。”

“我不想吃了，”警察局长很快恢复了常态，嘟囔着说，“比目鱼让狱卒吃吧。你跟我来。”

第十六章　小香蕉一下当起大臣来，可很快又给人们赶下了台

警察局长可不是一个傻瓜。他是一个非常狡猾的家伙。

“要问我这个人值多少黄金，他值的黄金就跟他的身体一样重，也许还会更重些。”警察局长把小香蕉带进了王宫，心里想着，“既然我有一个那么大的保险箱，为什么不在里面藏满黄金呢？只要放在了那里谁也碰不着，就连耗子也不会咬黄金的。国王一定重重赏我的。”

可是他的美梦落空了。贾科蒙国王知道这件事后，就吩咐侍从把画家带到了他的面前。然后他冷冷地把警察局长给打发走了，只是对他说：

“由于您的发现，我会赏给您一个特等功奖章。”

“我要那玩意儿干嘛？”警察局长咕噜说，“那东西我都有二十四个。全是用厚纸板做的！我的桌子要是不平了，倒是可以拿它们来垫脚，好叫桌子平些。”

让他去自我咕噜，走他的路吧。咱们还是来讲讲小香蕉跟贾科蒙国王见面时的情景吧。

小香蕉就这样站在全能的国王面前，一点也没有害怕的样子。他一面非常镇静地回答着问话，一面目不转睛地欣赏着国王那头漂亮的橙黄

色假发。这头假发正在他的脑袋上闪闪发光，就像摆在市场上的一篮橘子一样。

“您怎么这么盯着我看?”

“我正在欣赏您的头发呐，陛下。”

“那您能画出这么美丽的头发吗?”

贾科蒙国王暗暗地希望，小香蕉能够直接在他的秃头上画出一头漂亮的真发来，这样的话睡觉的时候就不用再脱下假发了。

“这么漂亮的头发我当然画不出来，”小香蕉十分肯定地回答说，心想，这个回答肯定会让国王高兴的。

他是从心底里可怜这个倒霉的家伙，秃头给他带来了多大的苦恼啊！可也有许多人反而把头发剃得光光的，好省下梳头的麻烦吗。而且看一个人并不是看他头发的颜色。就算贾科蒙国王真有一头漂亮头发，乌黑的，卷曲的，可他还是一个众所周知的恶棍海盗。这一点是不会因他的头发而改变的。

贾科蒙国王于是叹了口气，决定把他那个在秃头上画上头发的想法暂且摆到一边。而现在他决定要好好利用小香蕉的才能，使自己成为一个伟大君主而被载入史册。

“现在我封你做动物园大臣，”他对小香蕉道说，“虽然有座动物园，但里面都没有动物，你得把它们都画出来。我希望你能把各种动物都画出来，而且越多越好。”

小香蕉心想：“当大臣总比坐牢好。”还没等到天黑，他就已经当着众人的面画出了上千种不同的动物，并且使它们活了起来。这里面包括狮子、老虎、鳄鱼、大象、鹦鹉、乌龟、鹈鹕，还有狗。大家可以想象一下，狗还有各式各样的呢：有看家狗、快腿狗、狮子狗、矮脚狗。它们都发出汪汪的叫声，这让宫廷里的官员们极度不满。

“国王陛下竟然让狗汪汪叫，这可怎么办才好?”他们互相叨唠说，“这是违反法令的！要是有了这种不好的先例，人们可都会效仿的，到时国家就危险了。”

可是贾科蒙国王下令不要去打扰小香蕉，他想画什么就画什么。就这样，宫廷官员只好压下肚子里的怒气，不再作声了。

小香蕉把动物画出来后，便让它们在笼子里各就各位了。池塘里待着的是白熊、海豹、企鹅。小驴则在动物园的林荫道上拉着小车，好让孩子们兜风玩。

晚上小香蕉赶不回他的顶楼去睡觉。国王便在王宫里给他准备了一间房间，还派了几十个卫兵守在他的门口，生怕他逃走了。

第二天动物已经画完了，国王便封了小香蕉做食品大臣，按那个国家的话说，也就是国家第一文具纸品大臣。他们为他准备了一张桌子，还有各种东西，并让他在王宫门口画画。人们想吃什么就让他画什么，画出来了就分给他们。

刚开始的时候人们很失望。因为他们向小香蕉要一瓶墨水，按当时的话说就是面包，可他真的给他们画了一瓶墨水，然后马上说：

“下一个。”

“我要墨水干什么?”那个倒霉蛋咕噜说，“既不能喝也不能吃。”

可是渐渐地人们就明白了，要向小香蕉讨什么东西，就得说出那些东西被禁止的本名。

见此，宫廷官员的愤怒已经达到了极点。

“看来事情越来越糟了，”他们已经气得脸都发青了，唧唧咕咕地说，“再这样下去会出大乱子的。到时候谁也不会再说假话了。贾科蒙国王究竟在干什么呀?”

而此时贾科蒙国王正在等待一个时机，一个请小香蕉替他画上真头发的时机。头上长上了真头发，就不怕被风吹走了。眼前他让画家爱画什么就画什么，一点也不生气。而宫廷官员现在已经满肚子不高兴了，可还是只得把苦水往肚里咽。而现在苦水都快把他们的肚子撑满了。

将军们现在也不痛快了。

“瞧，”他们说，“咱们现在终于得到了这么一个画家，可咱们应该让他画什么呢？画煎蛋、烤鸡、炸土豆、方块巧克力。不如就画大炮吧，没错一点也没错，就是要画大炮！咱们正好可以用大炮来配备咱们的常胜军，这样就可以来扩张咱们的王国国土了！”

于是最好战的一位将军就直接去拜见贾科蒙国王，跟他说了这件事。

这个老海盗听了这番话后，只觉得热血沸腾。

“大炮！”他兴奋地大叫了起来，“好极了，真是好极了，大炮！还有军舰、飞机、飞艇！快，马上把小香蕉给我叫来，我要立刻见到他！见他妈的鬼。”

贾科蒙国王的亲信已经好久没听他骂过“见他妈的鬼”这样的话了。以前他派他那帮海盗去打劫商船时，总要站在他那条海盗船的船长台上训一翻话，而在训话中，这句骂人的话一直是他的口头禅。

分发食物的事马上被停止了。而小香蕉现在已经站在国王和他的那些将军面前了。而那几面墙上都挂着一大幅一大幅的地图，侍从们也已经拿来了一盒小旗子，纷纷把它们插在了准备占领的地方。

小香蕉没有打断他们的话，只是静静地站着听完了所有慷慨激昂的发言。可等到大家给他纸和铅笔，让他马上动手画大炮的时候，他只是在纸的正中央写上了一个大字：“不”，然后就把这张纸高高地举了起来，然后在整个大厅里走了一圈，好让每一个人都能读到这个字。

“各位先生，”他对他们说，“如果你们需要喝杯咖啡，好让你们的脑袋清醒清醒的话，我可以一转眼就给你们办到。如果各位想要骑着马去打猎的话，我也可以给你们画最纯种的好马。至于大炮嘛，对不起，请各位都把它们忘了吧。你们永远也别想得到我的大炮！”

一场真正的大混乱马上就开始了。所有的人都开始大喊大叫起来，纷纷用拳头敲打着桌子。可是贾科蒙国王怕敲痛了自己的手，便叫来了一个侍从，抓住了他，然后使尽力气，用拳头在他的背上捶了一下。

“脑袋，脑袋，”只听见大家都在狂叫着，“砍掉他的脑袋！”

“还是这样办吧！”贾科蒙国王最后决定道，“先别砍掉他的脑袋，给他留点时间好好考虑考虑。我想，既然他是个天才，就一定不会正常。就让他到疯人院里去待上几天吧。”

宫廷官员还在大声地反对着，认为这个处罚还是太轻。可他们也知道贾科蒙国王的脾气，便很快安静了下来。

于是贾科蒙国王又说了下去：

“现在的他不过是还没想好，到底是用铅笔画呢，还是该用彩笔画。”

就这样，小香蕉也被关进了疯人院的单人房。他们还没收了他所有的纸张、铅笔、颜料和画笔。现在，屋子里连一块砖头，一支粉笔也没有了。大概只能用血在蒙着毛毡的墙上画画了。小香蕉只好在脑子里想想，眼前他无法画出来的杰作了。

他在板床上伸了伸手脚，然后把头枕在了手上，眼睛直直地盯着新刷的天花板。他的眼前不断地闪过美丽的幻影。他打算将来从这里出去以后，就把它们都画出来，并让它们都活过来。至于安全地离开这里这一点，他一刻都没有怀疑过。

他的想法是对的，因为已经有“人”在想办法搭救他了。而这位搭救他的“人”就是——我想名字已经在大家的嘴边了——嗯，那还用说，当然就是我们的瘸腿猫了。

第十七章 瘸腿猫牺牲自己一只脚，帮助小香蕉往窗子外面跳

小茉莉待在“一分钟也不坐的本韦努托”的家养他膝盖上的伤。瘸腿猫一知道小香蕉当上了大臣，便决定去找他，想求他帮忙释放了玉米老大娘和罗莫莱塔。可惜等它到了王宫，小香蕉的好运已经比残月更快地坠下了。

“你要想见小香蕉，就到疯人院去吧，”卫兵们冷笑着对它说，“可谁知道会不会把你放进去呢？除非你也疯了……”

瘸腿猫想了半天，不知道是该装疯呢还是另想办法进疯人院。

“我的爪子，帮帮我吧，”它最后下了个决定，“现在我有四条腿了，这样的话在墙上爬可方便多啦。”

疯人院是一座碉堡似的阴森大楼，还被一条深水沟围住了。瘸腿猫只好游过去。它一下子钻进了水里，游过了深水沟，然后顺着墙爬了上去，钻进了最近的那扇开着的窗子。里面原来是一间厨房。厨师和仆人都已经去睡觉了，只剩下一个孩子在擦洗地板。他一看见有猫就尖声大叫了起来：

“滚开，你这只脏猫！你不知道这里没东西剩给你吗？”

说真的，这个可怜孩子老是饿着，厨房里不管扔掉了什么东西，就

算是鱼骨头，只要他饿了也会把它吃掉。他这么赶着猫，就是怕猫把他最后的一点儿吃的给叼走了。他连忙打开通往走廊的门。走廊的两边，关着的都是疯子，这些人其实都不是真正的疯子，他们有的只有共同的一个罪，就是有过一次说真话的经历，而不幸的是，这句真话被贾科蒙国王的警察给听到了。

有几个大房间只是用粗栅栏把走廊给隔开了。其他的房间都关上了大铁门，铁门上只开了个小窗洞，作为送饭用的。

在一间大房间里，瘸腿猫看见了玉米老大娘的那几只小猫，而使瘸腿猫感到惊讶的是，还看见了善良的汪汪。它们正相互把头枕在尾巴上睡觉呢，谁知道它们在做什么好梦呢？瘸腿猫没有叫醒它们，因为现在它也没办法救它们出去。而在同一间大房间里，正如大家知道的那样，还关着卡利梅尔·威克塞尔。他此时正好没睡，见咱们的瘸腿猫就来求它：

“小妹妹，给我弄只耗子来吧，因为你没有被关起来！只要一只小耗子就行！我的爪子已经好久没碰耗子了。”

瘸腿猫并不认识卡利梅尔，心里想：“他倒真是疯了。”

在走廊的尽头有一个大统间，里面至少躺了上百个人。其中就有玉米老大娘和罗莫莱塔。要是灯开着，瘸腿猫大概就能看见她们了，并认出她们来。再说要是玉米老大娘没睡着，她也一定会照她的老习惯一把抓住瘸腿猫的尾巴。可惜现在灯都关了，而所有关着的人，包括罗莫莱塔在内，都已经睡熟了。瘸腿猫踮着脚尖，轻轻地没发出一点儿声音，穿过了整个统间，来到了一道楼梯旁边。它在楼上找了半天，终于找到了关着小香蕉的那间单人房间。

小香蕉此时正把头枕在手上，睡得正香，似乎还在做好梦，梦见了他将来准备画的那些美丽的图画。可其中的一幅画忽然变成了空白。在那美丽的花束突然露出一个猫头，正对着小香蕉喵喵地直叫，它长得跟瘸腿猫一模一样。于是小香蕉惊醒了过来，往门边一看，马上明白自己还在疯人院里。可是门上的小窗户却开着，露出了瘸腿猫的头。瘸腿猫正在那里叫个不停，这可不是在做梦。

“小香蕉，小香蕉！你睡得可真香啊！”

“瞧，瞧，这要不是瘸腿猫，我就把我的脑袋砍下来！”

“你说对了，快醒醒吧！是我瘸腿猫，我身上还有你送给我的那条腿呢。真是没话说，这条腿可真灵活极了。”

瘸腿猫一边说，一边缩起整个身子好钻过铁窗栏，然后跳进了屋子，跑到了小香蕉的身边，舔了舔他的手。

“我是来救你的。”

“谢谢你，可你要怎么救我呢？”

“这我还没想到。嗯，要不我把看守人身上的钥匙偷过来。”

“可这样他们会醒的。”

“那我就把门咬开，好让你出去。”

“唉，这是扇铁门，就算你咬上十年也咬不出一个小洞。等一等，我知道我现在需要什么了。”

“要什么？”

“锉刀。你去找把锉刀来，其余的事就交给我吧。”

“好，我这就去弄把锉刀来。”

“我要是能把锉刀画出来就好了，那样的话事情就简单多了，”小香蕉说，“可那些强盗，竟连个铅笔头也没给我留下。”

“嗯，如果只是这样的话，”瘸腿猫高兴地叫起来，“就用我的爪子吧！你可别忘了，我的那三只爪子是用粉笔画出来的，只有第四只爪子用的是油画颜料。”

“没错，可它们会被磨损的。”

瘸腿猫却毫不在意。

“不要紧的，等你出去了随时都可以再给我画上去的。”

“可怎么从窗子上跳下去呢？”

“你再画个降落伞吧。”

“那么怎么过深水沟呢？”

“你再画只小船。”

等小香蕉把所需的逃走工具一一画好后。瘸腿猫的一条腿已经只剩下那么一点点了，就像做过截肢手术一样。

“瞧，”瘸腿猫笑了起来，“还好我没有改名字。我本来就是瘸腿猫，以后永远都是瘸腿猫。”

“我这就给你把那条腿画上。”小香蕉说。

“咱们现在可没那工夫。趁着看守的还没醒，咱们赶快逃走吧。”

小香蕉赶紧动手干起来。幸亏他画的锉子很锋利，锉起铁来就像切香蕉似的。几分钟的工夫，门上就被开了个大缺口，咱们这两个朋友便来到了走廊上。

“咱们把玉米老大娘和罗莫莱塔也都带上吧。”瘸腿猫建议，“还有那几只小猫。”

可声音吵醒了看守们，他们站了起来开始巡逻，想要捉闹事的人。小香蕉和瘸腿猫远远地听到了看守们有节奏的脚步声，正一条走廊一条走廊地向他们走来。

“咱们赶紧躲到厨房里去，”瘸腿猫轻轻地说，“既然没办法把大家都救走，至少咱们俩得出去。等咱们脱了身，再想办法。”

可他们一进厨房，那个孩子又开始对瘸腿猫嚷嚷起来：

“我可是刚刚才把你赶走，你这只馋嘴猫！怎么，你又想来偷我的面包吗？走，快走！窗子就在那里，赶紧滚出去。淹死了也活该。”

他气得根本没有注意到小香蕉。在他的眼睛里只有我们的瘸腿猫，生怕它会跟他抢东西吃。小香蕉已经套上了降落伞，并准备好了小船，便一把拉住瘸腿猫。

“咱们走！”

“对了，对了，赶紧滚蛋，”小孩子连忙吼叫着说，“再也别到这儿来了！”

直到小香蕉跳出了窗外，那孩子才觉得有什么不对头。

他搔着头想：“那人是谁？”可他为了不惹麻烦，便决定什么也不说，装作什么人也没看见过，什么声音也没听见过。他在那一堆垃圾里找到了一个白菜头，便连忙用牙去啃，高兴得咕噜咕噜哼个不停。

疯人院里很快就发现小香蕉不见了。看守们从窗子里向外探了探，便大叫着说：

“来人啊！出事啦！出大事啦！一个危险的疯子逃走了！”

此时，小香蕉和瘸腿猫正坐在小船里把身子弯得低低的，用手划着水，渡过了深水沟。要不是在那已经有一辆小车在等着他们，恐怕他们就逃不了了。“一分钟也不坐的本韦努托”早就猜出了瘸腿猫的意图，所以早早地把小车停在了这里等他们。

“快，快躲进去！”小老头连连低声说。他让他们坐进小车，再用一堆破布片把他们给藏了起来。

等看守们追来，他便用手给他们指了个相反的方向，对他们说：

“上那边去看看吧，他们往那边跑了。”

“你是谁？”

“我只是一个收破烂的穷老头，正好停在这里喘口气。”

这收破烂的穷老头为了向他们证明自己确实累了，就在小车一个把手上坐了下来，并抽起了烟斗。可怜的本韦努托！他心里很明白，一坐下来他的头发就会变得更白了。虽然只有几分钟，但谁知道他将失去生命中的多少个年头呢。可本韦努托就是这么一个老好人。

他心里想：“我失去的那几个年头将在别人的生命中延续。我本该如此，为别人的生命献出自己的生命。”

他把一口烟直喷到看守们的脸上。

很不巧的是，瘸腿猫这时鼻子痒得打了个喷嚏。这是因为盖在它身上的破布净是灰尘，只有象鼻虫才会觉得它们是香的。瘸腿猫本想用两只前爪捂住鼻子，好不让喷嚏打出来，可等它想起前爪只剩下一只时，已经太晚了。它已经打了一个大喷嚏，实在是太厉害了，竟冒起了一大股灰尘。

瘸腿猫为了不让小香蕉被他们发现，但自己跳出了小车逃走了。

“这是谁?”看守们问。

“是一只狗，”本韦努托回答说，“可能是刚才躲在破布堆里，现在逃走了。”

“既然逃了，一定是心中有鬼，”看守们说，“我们这就去追它。”

瘸腿猫一边跑一边听到后面沉重的脚步声和叫喊声：“逮住它！别让它跑了!”

“让他们来追我吧，”它心里高兴极了，“至少这样本韦努托和小香蕉就没事了。”

它沿着城里的大街小巷跑啊跑，看守们则紧紧地在它后面追啊追啊，追得舌头都快吐出来了。等到了王宫前面的那个广场，也就是到了瘸腿猫曾经睡过一夜的圆柱那里。

“再轻轻一跳，咱们就得救了。”它对它的三条腿说道。

可是它的三条腿并没有完全照它的话办，而是热心过了头。瘸腿猫本来只需钩住圆柱，便可以一下子爬到它的顶上去，结果用力过猛竟贴在了圆柱上，重新变成了一幅只有三腿的猫。可这时它对这件事反而觉得高兴，因为如此一来，看守们就只能无功而返了，就像后来报上说的那样：“一无所获。”

“它上哪儿去啦，怎么不见了？”他们我问你，你问我，却没一个人知道是怎么回事。

“我刚才看见它跳到这圆柱上去了。”

“可这圆柱上什么也没有啊。”

“那是只画着些乱七八糟的东西。瞧，还有一个孩子从学校里偷来的粉笔画了一只小猫。”

“去它的，咱们快走吧！这些画可不关咱们的事。”

这时候本韦努托已经把小车推回家了，他停了下来不时地喘口气。他还不得不在小车的把手上坐了两三回，因为他实在是太累了，已经走不动了。当他早上出门时，他不多不少正好八十岁，而现在当他走进家门时，他肯定已经不止九十岁了。他的胡子已经长到了胸口，眼睛几乎被皱纹挡住了，已经看不见了，声音也低沉得像是刚从地底下发出来一样。

“小香蕉，快起来，我们到家了。”

可小香蕉没听见他的话：他觉得破布堆底下挺暖和，便睡着了。

第十八章
请诸位读一读这一章就可以晓得，本韦努托怎样过完他一生的最后时刻

“你在那儿干嘛？为什么跟你那些破布说话？”

本韦努托正在拼命地叫醒小香蕉，可一个巡夜的停在了他的背后。

“我怎么会和这些破布说话呢？”本韦努托反问他，想拖延一点时间。

“可我清清楚楚地听到，你好像在跟这堆破袜子说着什么。你一定是在数袜子上的窟窿对吧。”

“也许说过，我自己都记不清了，”本韦努托嘟囔着说，“你也看到了，我太累了。推着这辆车子走了一整天了。对于我这个年龄的人来说，这活儿已经太重了……”

“您累了就歇会儿吧，”巡夜的人同情地建议道，“这么晚了，谁也不会再卖破布给您了？”

“好的我这就在这儿坐会儿。”本韦努托说着，便在大车的一个把手上坐了下来。

“您要是同意的话，”巡夜的说，“我也想在这儿坐会儿。”

“坐吧，这还有一个把手。”

“谢谢。您知道的，巡夜也是很累的。您知道吗，我本来想当一位

钢琴家，可以一直坐着弹琴，并且生活在美妙的音乐当中，我在小学作文里还写过这个志愿呢。作文的题目叫：《你长大要当什么?》我当时是这么写的：‘我长大了要当一位钢琴家，去周游世界，到处去开音乐会，让许多人为我鼓掌，我将会成为名人。’可如今呢，我甚至在小偷当中也没名气，我都没捉到过一个小偷。我说，您不是一个坏人吧，啊?”

本韦努托摇了摇头好让他放心。这位巡夜的人似乎没交上好运，本韦努托本想对他说几句安慰的话，可是他已经没有力气了。现在本韦努托只觉得他的生命正一分钟一分钟地离开他，他只能默默地听着。

巡夜的一边叹气，一边没完没了地讲他的梦想，讲他一生中都没有买过钢琴，还讲他的孩子们。

“最大的已经十岁了，”他说，“昨天他在学校里也写了一篇作文。老师总是喜欢出同样的作文题目：《你长大要当什么?》我的儿子是这样写的：‘我要当一名飞行员，然后乘人造卫星飞到月亮上去。’我希望他能实现自己的梦想，可是再过两年我就要把他送去打工了。因为我的那些工钱根本不够养活全家。他会成为宇宙飞行员这很难让人相信，您说对吗?”

本韦努托轻轻地摇了摇头。他摇头的意思是说，人们应该相信世界上没有什么是做不到的，对于自己的理想，永远不要丧失希望。可巡夜的人没注意到他的这个动作。巡夜的人看了看本韦努托，觉得他已经睡觉了。

“可怜的老人，”他低声说，“看来他当真是累坏了。好了，我也该继续巡我的夜了。”

于是巡夜的踮着脚尖走开了，没有发出一点儿声响。而本韦努托则一动不动地继续坐着，他已经没有力气再站起来了。

“我就这样再等一会儿吧，”他轻轻地叹气说，“再坐一会儿。我能做的都已经做了，小香蕉现在安全了，我也和巡夜的可怜人交了心。”

他的思想越来越混乱了，也越来越糊涂了。他好像听到从很远很远的地方传来了歌声，好像是在唱催眠曲。可是很快的，他已经连歌声也听不见了。

我的朋友们，你们可不要以为这催眠曲是本韦努托的幻觉。那是小茉莉睡着了老毛病又犯了，开始唱起歌来了。他的歌声传了出去，在胡同里回响，把小香蕉给惊醒了。

“本韦努托！”他把鼻子从盖着他的破布堆里伸出了来叫道，“本韦努托，咱们现在在哪儿了？是出了什么事吗？”

可本韦努托已经再也无法回答他了。

于是小香蕉跳出了小车，摇了老头儿两下。我们可怜的老头儿，手脚已经冰凉了。房子里继续传来了小茉莉迷人的歌声。温柔的催眠曲不断地在空中回荡，充满了整个胡同。

小香蕉赶紧跑进房子，上楼叫醒了小茉莉，然后两个人一起跑到了街上。

“他死了！”小茉莉伤心地大叫起来。

“他的死都怪我们，他把最后的力气都用在了我们的身上，而我们却在那安安稳稳地睡大觉，什么也不管。”

巡夜的又出现在了胡同口。

“咱们把他抬回家去吧。”小茉莉低声说。

可是不用小香蕉帮忙他就把事办妥了。本韦努托轻得就像一个娃娃一样，几乎没花什么力气，小茉莉就把他抱进了房子。

巡夜的停了下来，看了看小车。

“那个收破烂的老头多半是住在这儿，”他说，“他把小车放在了路中央，为此本该罚他款的。可他是一个好老头，我就装作不知道吧！”

可怜的本韦努托，在他的家里甚至找不到一把椅子可以让他躺下。他们只好把死者放在了地板上，在他的头下面垫了个枕头。

本韦努托下葬的时候，大家都还一无所知，而是在下面几章读到的那些事情之后的两天。成千上万的人来为他送葬，可是没有一个人为此发表演说，虽然关于这位收破烂的老人所做的好事，每一个人都可以讲出许多来。

也就是在这次下葬的时候，小茉莉第一次放声歌唱而没有弄坏任何东西。他的歌声虽然仍就强劲有力，但更加的柔和，所有听到他歌声的人都觉得自己的心灵受到了洗礼。

可我已经跟大家说过，在此之前还发生了许多事情。首先，小茉莉和小香蕉发现瘸腿猫不见了。由于事情太多，他们都没有注意到这件事。

“它本来是和我一块在小车里的，”小香蕉说，“虽然，在破布堆里我没有看到它。但我好像听到了它打喷嚏的声音。”

“它准是出事了。”小茉莉说。

“说不定是又回疯人院去了，是去救玉米老大娘和罗莫莱塔了吧？”

“大家都有事做，”小茉莉感到非常惭愧，便说，“就我整天吊儿郎当，只会震碎枝形吊灯让人害怕。”

他还从来没这么悲观失望过。可就在这时，一个主意闪进了他的脑子，就像一颗大星星那样闪闪发光。

“不对！”他忽然叫了起来，“我也能做什么，你们就等着看吧！”

“你上哪儿去？”小香蕉看见他兴奋地跳起来穿上衣就赶紧问。

“现在该轮到我了，”小茉莉回答说，“你在家待着，警察正在搜捕你呢，你会听到我的好消息的。噢，那将是一个非常惊人的消息！”

第十九章
说假话的毛病一去不回来，真话愈益受到所有人喜爱

小香蕉逃走的风波渐渐平息了下来，疯人院又重新恢复了正常。大统间、单人房间和走廊里的人都已经睡着了，只有厨房里那个可怜的孩子还没有睡着。他从来都没有好好睡过一觉，因为他老是饿着肚子，每天夜里他都在垃圾堆里找东西吃。逃走的小香蕉也好，追小香蕉的人也好，对他来说，一点也没关系，可如今就连他也对那个站在广场中央、面对着疯人院的古怪小伙子产生了兴趣。这个小伙子，说实话，个不高，甚至可以说相当的矮，而他正打算唱歌。

厨房里的那个孩子一边吃着土豆皮一边看着那个人，还不时地摇着头。

“这家伙真奇怪的。哪见过这种事的：唱小夜曲不但不是对着漂亮的姑娘，反而跑到了疯人院的窗子底下来唱？不过这是他的事，我可管不着。不过他的嗓子真是没话说！我敢打赌，马上就会有人来抓他了。”

可看守们由于追了瘸腿猫半天，不但没追到，反把自己累坏了，这会儿正睡得香呢，打雷都不会动一下。

小茉莉先是轻轻地唱了几句，试了试嗓子，现在却是扯开了嗓子越唱越响，越唱越响。厨房里的那孩子已经惊得张大了嘴巴，就连土豆皮

也忘了吃了。

“嗨，听着他唱，都忘了肚子饿了。”

他正想打开窗子往外看看，没想到那块玻璃竟然咔嚓一声碎了，一块玻璃碎片差点儿削掉了他的鼻子。

“嘿，是谁在扔石块？”

突然一下子，这座阴森的大楼从四面八方，每一层的玻璃都开始一块接一块地碎成了一片掉了下来。看守们赶紧跑到了所有的大统间和单人间去看那些关着的疯子们，他们还以为是关着的那些人开始造反了。最终可是他们不得不马上改变原有的想法。关着的那些人的确都醒了，但他们都很安静，正在静静地欣赏小茉莉的歌。

“那么，是谁打破了玻璃呢？”看守们开始嚷嚷起来。

“你们说话轻一点！”那些关着的人对他们说，“让我们听歌吧！玻璃破了关我们什么事？它们又不是我们的？”

紧接着窗上的铁栏杆也像火柴杆似的一根根都折断了，还从窗框上掉了下来，劈劈啪啪地掉进了下面的深水沟里，沉到了沟底。

等到疯人院的院长知道这件事后，他浑身都打起哆嗦。

“这是因为冷才发抖的，”他还特意对秘书们解释说，可心理却在暗暗担心，“开始地震了。”

他开走了他那辆汽车，对大家说是去向大臣报告，实际上是打算开溜，回他的郊外别墅避难去了，疯人院就去他的吧！

秘书们都快被气疯了，心里想：“什么去向大臣报告啊，他不过是找个借口开溜罢了。那我们怎么办啊，难道要像耗子在耗子笼里那样等死吗？这事，我们可不干！”

于是他们也乘车的乘车，走路的走路，一个个很快就过了吊桥溜走不见了，那速度快得连守门的也没看到，都不知道他们是怎么溜得没影儿的。

太阳出来了，白蒙蒙的光线已经滑过了一家又一家的屋顶。这对小茉莉来说，就像是一个信号，在对他说："唱得更响些吧！"

要是大家能亲耳听到他唱就好了！他的声音爆发出来的那股力量，就像冲出火山口的岩浆一样。疯人院里所有的木门都被震碎了，变成了一块块碎片，铁门也变得弯弯曲曲了，那已经不能算是门了。于是门里关着的那些人都高兴得又蹦又跳，都跑到了外面的走廊上。

警卫、看守、卫生人员也一个接一个地冲到了屋外，跑过吊桥，奔到了广场上。所有的人一下子都想起来了，他们在城里还有要紧事要办呢。

"我得回家给我那只狗洗澡。"一个人说。

"有人请我到海边玩几天。"另一个人说。

"我忘了给我那条红色的金鱼换水了，我怕它们都会死掉。"第三个人说。

他们都是说假话说惯了，因此都不会直截了当地承认他们现在怕得要死。

总而言之，在短短的几分钟之后，疯人院里的工作人员都已经跑得一个不剩了，只剩下厨房里那个可怜的孩子。他就那么直直地站着，惊讶得张大了嘴，手里还拿着他那块土豆皮。可他现在根本不想吃，在他的一生当中，第一次感觉到脑子里好像掠过了一阵清风一般，让他产生了一种令人向往的思想。

在整个大统间里，罗莫莱塔是第一个发现所有的看守都不见了。

"咱们还等什么？咱们也快跑吧！"她对玉米老大娘说。

"这是不符合规定的，"玉米老大娘回答说，"可话又说回来，这规定对咱们没用。好，咱们这就走。"

她们互相搀着手走出了房间，到了楼梯口那里，楼梯上已经有一群人在飞奔下楼了。声音吵吵嚷嚷的，可在这千万个声音当中，玉米老大娘还是耳尖地听出了她那几只小猫的叫声。而这些小猫，瘸腿猫的七位小徒弟，也立刻在无数的人当中认出了主人高昂着的头和严肃的脸。它们高兴地喵喵地叫着，马上扑到老大娘的脖子上，热情地舔着她。

“好，太好了，咱们这就回家，回家。”玉米老大娘含着泪水幸福地说，“一，二，三，四……都齐啦？七，八！唉！还多了一只。”

不用说，大家都知道多出来的这一只就是善良的汪汪。它也刚好待得下玉米老大娘的怀抱。

小茉莉停止了歌唱，问那些出来的人见到瘸腿猫没有。可是谁也不清楚。他简直快忍不住了。

“里面还有没出来的吗？”他叫道。

“没有了，都出来了。”人们回答。

“好，那你们看好了。”

他就像潜水员要沉下水时那样深深地吸足了一口气，然后用两只手围住嘴，好确保全部声音都直奔一个方向，然后发出一声巨响。如果火星和金星上有人的话，而这些人又有听觉的话，那么他们也一准能听到他的声音。只要跟大家说一件事就够了：整座疯人院就像遇到旋风一样，一下子摇晃了起来。屋顶上的瓦片和烟囱就像灰尘似的给轻而易举地扫走了。接着从屋顶开始，墙倾斜了，晃动了，最后发出一声可怕的轰隆声后就都坍落下来，把深水沟都填满了，沟里的水向四面八方溅了开来。

而这些事仅一分钟就完成了。而对这一点最有发言权的就是厨房里的那个孩子了。直到关着的人都逃得一个不剩了，他还留在大楼里。他刚跳出窗子，三扒两扒地游过深水沟，才刚到广场上，就听见身后轰隆一声：整座大楼都坍塌了。

整个广场立刻响起了“万岁”的欢呼声。而正在这时，太阳升起来了，虽然谁也没有打算跟它说：“快出来吧，要不然就错过个这场景了。”

广场上的人把小茉莉托了起来，隆重地托着他走，连记者都无法挤到他的面前，问他现在的感想。于是他们只好退而求其次，开始访问站在一边阴着脸的卡利梅尔·威克塞尔。

“难道您没有什么话，要跟《模范假话报》说一说吗？”他们问卡利梅尔。

“喵。”卡利梅尔连忙转过身用背对着他们，回答说。

“很好，”记者们说，“您也是目击者之一。您能跟我们说说，为什么没事发生呢？”

“喵。”卡利梅尔又叫了一声。

“妙，妙极了！我们要立刻辟谣，疯人院根本没有坍塌，疯子也没有跑出来。”

“请你们明白，”卡利梅尔突然脱口而出，“你们该知道了吧，我是一只猫！”

“您说的是狗吧，既然您在喵喵叫？”

“不，不，是猫！我是猫，我会捉耗子。行了行了，我现在看透你们了。你们是躲不掉的，你们休想逃出我的爪子。你们这些耗子，我马上就要抓住你们了。喵！喵！”

卡利梅尔说着便猛跳了起来。记者们好不容易才把钢笔藏进了口袋，便跳进自己的汽车走了。而卡利梅尔则倒在地上拼命地喵喵叫着，就这样他在地上躺了一整天，直到一个好心的路人把他拉了起来，并送进了医院。

一个钟头以后《模范假话报》出新版了。头一版的整个版面都印着这么一个标题，写道：

男高音小茉莉又一次失败：

他的歌声未能震坍疯人院！

见此报纸编辑很高兴地搓着手说：

“这个辟谣新闻真是写得妙极了。今天我至少又可以销售十万份。”

可是卖《模范假话报》的报贩马上就抱着一大捆报纸回来了，一份也没有卖掉。

“怎么?!”编辑惊奇地叫起来，“一份也没卖掉？大家都怎么啦，难道都改读日历吗?”

“不是的，编辑先生。”一个比较大胆的报贩回答说，“现在连日历也没人读了。把十二月叫做八月，您说他们会信这种日历吗？改了月份名称后，难道人们就觉得暖和了？出大事了，编辑先生。人们现在当面笑我们，并建议我们把报纸拿来折纸船。”

这时候编辑养的那条狗跑进了他的办公室，这只狗刚从城里溜了一圈回来。

“喵喵!”编辑无意中叫了它一声。

“汪汪!”狗回答说。

“怎么啦？你怎么汪汪叫啊?!”

狗根本没理睬主人的问话，只是自顾自地高兴得直摇着尾巴，还汪汪叫得更起劲。

“难道世界末日来了!”编辑连连擦着脑门上的汗，急得叫起来，“真的是世界末日!”

是的，这是一切假话的末日。疯人院一坍塌，成千上万个人一下子全都逃了出来，并讲出了实情。

第二十章 贾科蒙国王的遗物就剩下了一根圆柱

大家应该都知道，世上根本没有什么预言未来的书。没有一本书能记下未来发生的一切。如果要写这样一本书的话，至少得先当上《模范假话报》的总编辑。总而言之，这样的书是不存在的，即使在假话国也没有。

不过这可真可惜！要是有这样一本书的话，戴假发的倒霉国王就可以把书打开来一看，就会读到这么一条记载："本日贾科蒙发表不成演说。"

言归正转，正当贾科蒙国王迫不及待地要他的仆从们给他打开面前的玻璃门，走到阳台上去的演讲时，小茉莉的声音开始发威了：玻璃门一下子全都被震碎了，玻璃碎片就像雨点般撒了一地。

"当心点！"贾科蒙连忙对他的仆从们叫道。

"乒——乓！……"可紧接着他的屋子又响起了一声巨响。

"镜子碎了！"贾科蒙大叫起来，"是谁砸碎了我的镜子？！"

可没人回答，贾科蒙惊疑地往四下里一看：为什么没人回答他呢？可是——唉呀！——他背后竟一个人都没有了。大臣们、海军上将们、内侍官们和宫廷所有大大小小的官员在刚听到第一声巨响时，也就是小茉莉的第一个高音时，便都冲回了自己的房间开始乔装打扮去了。他们二话不说，就很干脆地把穿了这么多年的豪华服装扔在了地上，然后，打床底下拉出了一个个旧皮箱，里面装的都是海盗服，嘴里还不时地嘟囔着说：

“只要不戴上黑眼罩，我就可以冒充是看院子的。”

“只要我拉掉袖子上的锚，大概就没人会认出我来了。”

现在贾科蒙国王的身边只剩下看管开关阳台玻璃门的那两个仆从了。虽然这时门已经破了，但他们还是毕恭毕敬地抓着门把手，还不时地用他们袖口的花边去擦拭它们。

“你们也走吧，”贾科蒙国王无奈地叹了口气，“现在我的一切都要完了。”

一点也没错，说时迟那时快，枝形大吊灯的那几千个灯泡也都碎了：小茉莉这一天唱得可真是太棒了。

不用再请两个仆从，他们立马向后倒退，然后三步一个大鞠躬，等到了楼梯口，就像听到口令似的，一个向后转，为了跑得快点，干脆坐在了栏杆上往下滑走了。

而贾科蒙国王则走进了自己的房间，脱下了他的王袍，换上了一身平民的衣服。这套衣服原来是他买来微服私访时穿的（不过直到现在他还没穿过一次，他宁可派密探到城里去）。这套衣服是咖啡色的，银行的出纳员或者哲学教授穿上最合适。橙黄色的假发跟它也很配！可惜，假发只能拿掉，因为不管到哪里，这头假发总是比他的王冠更引人注目。

“唉，我这顶美丽的假发啊！”贾科蒙国王重重地叹了口气，“说得再准确点，我那些五颜六色的美丽假发啊！”

他打开那个最重要的柜子，眼前放满了一排排的假发，就像随时准备着要演出的木偶头。贾科蒙国王看着这些诱人的假发动心极了：于是他随手抓起了整整一打，塞进了他的手提箱。

“我要把它们都带走。在今后流亡的日子里，它们会让我回想起这些幸福的日子。”

他赶紧下楼，不过他没有像他那些宫廷官员那样躲在了地窖里。那些官员们就是像耗子一样从下水道溜出王宫外了。贾科蒙国王宁愿走进他那美丽的御花园，说的准确点是走进了他过去的御花园。花园依然是那么美丽，一片绿油油的，香气扑鼻。

贾科蒙再深深地吸了一次御花园的空气，然后打开了通往胡同的一扇小门，在确定没人看见他以后，便走了出去，没过百步就来到了广场，躲进了给小茉莉热烈鼓掌的人群当中。

光秃秃的脑袋和咖啡色的衣服使贾科蒙国王完全变了样。再加上手里的手提箱，让人看着以为是商行的推销员。

“您应该是个外来人吧，”突然旁边有个人非常亲切地拍了拍他的肩膀，问他说，“跟我们一起去听听男高音小茉莉的音乐会吧。瞧，他就在那。那小子就像个自行车的竞赛选手。光看外表的话，连一个破子儿也不值，可您听听他的嗓子多好！”

“我听我听，”贾科蒙嘟囔着说。可他心里却加了一句：“我还要看呐……”

没错，他亲眼看见了他心爱的阳台坍塌了，他亲眼看见了大家已经可以想象得到的场面：王宫像时间久了的纸糊房子那样散开了，一大股尘埃直冲云霄。小茉莉又唱了一个高音，把尘土驱散了，于是大家只见王宫的原址剩下一堆废墟了。

“还有，”贾科蒙旁边的那个人又对他说，“您知道吗，您有一个漂亮极了的秃脑袋？跟您提这个，您应该不会生气吧。您也看看我的。”

贾科蒙摸了摸自己的头，然后照旁边那个人说的，看了看对方那个秃脑袋，那秃脑袋又圆又光，像个乒乓球似的。

“您的秃脑袋的确很漂亮。”贾科蒙说。

“您说什么呢，我这秃脑袋是最普通的！您的那个才真是闪闪发亮呢。再加上现在有太阳，把它照亮得叫人吃惊，眼睛都快被闪瞎了。”

“好了好了，还是算了吧，您过奖了。”贾科蒙只能嘟囔着说。

“我可以向您保证，我绝对没有夸大！您知道我想跟您说什么吗？如果您愿意参加我们的秃头俱乐部，那么马上就可以选您当主席。”

“当主席？”

“没错，还会一致通过。”

“你们有个秃头俱乐部？”

“当然。虽然在昨天之前它还是个秘密，可今天全都公开了。它的会员都是本市最出色的人物。你不知道，要参加俱乐部可不是件容易的事。必须先证明您头上一根头发也没有。有的人生怕我们的俱乐部不收他，竟然把头发给全拔掉了。”

“您说我……”

“我敢保证，您一定可以当我们的主席的。”

现在贾科蒙觉得，要是再过一分钟他就要感动得流泪了。

他心里想：“看来，我全错了。我选错了我的人生道路，可要重新开始现在已经太晚了。”

他趁着人群的流动，躲开了与他谈话的那个人，然后离开了广场，沿着空无一人的大街向前走去。十二套假发在他的手提箱里发出簌簌的响声。好几次他都看到从阴沟洞口有脑袋探出来向四周张望，对这些脑袋他是非常熟悉的。他们不就是他的那些海盗吗？可是一看到这位身穿咖啡色衣服、神气十足的秃头公民，脑袋马上又缩了回去。

贾科蒙国王想要自杀，便径直走到了河边。可等他到了河边，他又改变主意了。他打开了他的手提箱，拿出了他那些假发，然后一个接一个地都扔进了水里。

“再见了，”贾科蒙一边扔一边低声地对它们说，“再见了，你们这些虚假的玩意儿!”

可是这些假发没有就此完蛋。一群在河里捞东西比鳄鱼还厉害的孩子们，当天就把它们全都捞上来了。他们把那些假发晒干，就戴在了头上，高高兴兴地游行去了。他们又笑又唱，没想到这是给贾科蒙国王送葬的。

趁着贾科蒙一去不回——他应该说是十分幸运的，因为他还可以去某个地方当一个可敬的秃头俱乐部主席，至少也能当个秘书——咱们就再转到广场上来看一看。

这时候小茉莉已经唱完了他那首威力实足的歌，一面擦汗一面说：

“太好了，事情就到此结束了。”

可他的心里还是有点担心，因为瘸腿猫始终没有出现。

“它能上哪儿去呢?”“它不会被疯人院里的那些瓦砾压在了下面吧？我的破坏力太强了。”

可是周围的人群没有让他难过太久。

“圆柱，”人们对他喊道，“快把圆柱也推倒!”

“为什么?”

“因为在圆柱上雕刻着贾科蒙国王出征的事和各种功绩，这也是天大的谎言，贾科蒙就连鼻子也没有从他那座王宫里伸出来过。”

“好，”小茉莉说，“我这就来跟这根圆柱唱一支它承受不了的小夜曲。不过大伙儿还是走远点，别让它把你们给压扁了。”

于是圆柱周围站着的人赶紧离得远远的——广场上的人群就像给风

吹过的大海那样波动着。这时候，小茉莉终于在那圆柱上，在离地两米的地方，看见了他所熟悉的那幅三腿猫画像。

“瘸腿猫！”他大叫了一声，提着的心也一下子放了下来。

画颤动了一下，它的轮廓开始扭曲起了，可马上又恢复了原状，一动不动了。

“瘸腿猫！”小茉莉更响地叫了一声。这一回声音透过了大理石，并克服了它的阻力。

瘸腿猫从圆柱上分了出来，跳到了地上。

“我太高兴啊，我太高兴啊！”它喵喵叫着，不断地亲着小茉莉的腮帮子，“如果不是你，我就得一直留在这根圆柱上了，最后就会被雨水冲刷掉了。虽然大家都知道我爱干净，可我根本不想洗得过头了，到时候连性命都给洗掉了。”

“不是还有我吗？”这时传来了小香蕉的声音。他用手推着用胳膊肘顶着，终于挤到了小茉莉的身边。“你要是遭到了这样的不幸，我可以把你重新画出来，到时候你将比现在更漂亮，更真实。”

三个刚见面的朋友现在有多少话要讲啊，我们还是别去打扰他们了。

那么圆柱呢？

说实在的，圆柱碍着谁啦？虽然它上面画着的都是虚假的事，但那只会使人们想起那个无耻的骗子统治这个国家的时期，而一支美妙的小夜曲摧毁了他的整个王国，那就够啦。

第二十一章
这个童话的结尾非常简单，绝不能用战争来解决争端

虽然我匆匆忙忙地讲完了第二十章，可还有一叠纸忘在了我的口袋里，等大家都知道这些纸条的内容后，咱们的这个故事就真的完全结束了。这是我那天在听小茉莉给我讲假话国历险记时记下的最后几张纸条。现在让我来看看吧。其中一张记着的是贾科蒙国王从此下落不明。所以我没办法告诉大家，他是变好了呢，抑或是他那双天生的海盗脚又把他带上了哪条邪恶的路。

第二张纸条记着：总得来说小茉莉对自己所做的事还是很满意的，可每次走过广场都会让他觉得有点不舒服，就像一粒小石子落进了鞋子里让人不舒服。

“难道一定要毁坏王宫，把它变成一堆废墟不可吗？”他自责地说，“就算我只震碎了些玻璃，贾科蒙也是要逃走的。既然这样，那只要把玻璃工人请来就行，如此一切就又会变得井井有条了。”

小香蕉想要帮助小茉莉摆脱这粒折磨人的“小石子”。便用了几张纸和一盒颜料，把王宫完全复原了。这件事他一共只花了半天的工夫，但就连最上面一层的那个阳台也没有忘掉。等到阳台在原来的地方重现时，市民们马上邀请了小香蕉上去发表演说。

“请听我说，”小香蕉回答说，“我们最好还是通过一条法律，从此以后禁止在这阳台上发表演说。再说我只是一个画家。大家如果真要听演说的话，可以去请小茉莉。”

这时候瘸腿猫出现在了阳台上，然后叫了起来：

“喵喵喵！”

下面的广场上响起了一阵又一阵的掌声，从此没有人再要求发表什么演说了。

我再来看看这张纸上写的是什么。上面记的是：玉米老大娘被任命为流浪猫学院院长。这还用说，真是一个正确的决定。有了这样一位院长，大家就可以放心了，再也不会有人逼迫猫像狗那样汪汪叫了。罗莫莱塔也重新去上学了，可今天的她大概已经不是坐在课桌椅上了，而是坐在讲台上了吧——经过了这么长一段时间，她一定已经成为一位很好的女教师啦。

最后，在最小的一张纸条子上，写着这么一句话：“战争以一比一结束。”

瞧我这记性，差点儿忘记告诉大家有关战争的事了。

这件事还是在贾科蒙逃走之后的几天发生的。贾科蒙不是曾经叫小香蕉给他画了大炮吗？他原想有了这些大炮就可以万事大吉了，便瞒着他的百姓，向一个邻国宣战了。这种事可开不得玩笑，为此邻国人民马上派出了军队想要保卫祖国。

“可我们根本不想打仗，”新部长们说，“我们又不是贾科蒙那样的人。”

于是一位记者决定用这件事来访问小茉莉。现在小茉莉已经开始从事音乐工作，并且正在准备开一个真正的音乐会。

“战争吗？”小茉莉问道，“还是不要打杖的好，我建议还是改为一场足球比赛的好。最坏的结果也就是把膝盖跌伤了，但无论如何都不会发生大规模的流血事件。”

真是万幸，对方也赞成了这个想法，因为他们也丝毫不想打仗。于是足球比赛定在了最近的一个星期日举行。小茉莉当然是帮自己的球队加油喽，可由于太入迷了，竟忍不住忽然叫了一声：“冲啊！冲啊！”这下可好，足球马上飞进了对方的球门，如果大家还记得的话，这事以前也发生过一次，在小茉莉的家乡。

小茉莉马上暗下了决心：“这场比赛无论如何都不能以不正当的方式获胜。这是足球比赛，任何作弊的行为都是被比赛规则所禁止的。”

于是他立即又让一个球进了自家的球门。要是换成大家，一准也是这么干的。

附录：小茉莉唱的歌

我这里录有小茉莉的若干首歌。这些歌中有的滑稽，有的有趣，有的严肃。大家可以选一些自己喜欢的，其余的就都忘掉算了。

假　话——献给贾科蒙国王

朕承认假话，
不是你说的，
不是我说的，
是哑巴说的，
是聋子听见的，
他听见了，
告诉死耗子了，
让死耗子听了，
用一个脚尖，
登登登！乱转起来了。

大海里有多少鱼——献给爱吃鱼的瘸腿猫

里窝那有三位打鱼汉，
争了整整一年零一天。
他们争来又争去：
大海里有多少鱼。
第一位说："七条以上，
沙丁鱼可不算上。"
第二位说："不止一千条，
虾和鳗鱼给除掉。"
第三位说："一百万条还不止！"
三位全都有道理。

彩虹——题小香蕉的一幅画

下雨，满天阴沉沉。
地平线上黑得慌。
忽然，你瞧，在街上，
来了一个撑伞小姑娘！
来的这个小姑娘，
撑把可爱小雨伞，
这把雨伞像彩虹，
七种颜色真鲜艳。

七瓣伞片紧相连，
看着真像花一朵，
雨里看到这彩虹，
过路的人都快活。

猫报——献给瘸腿猫，让它看完《模范假话报》以后散散心

如今猫也有份报，
新闻一点也不少。
报纸最后那一版，
栏目叫做《小广告》。
“征求舒适小房屋，
兼带过时旧沙发，
可不能有小孩子，
他们爱拉猫尾巴。”
“征求一位老太太，
想要跟她做个伴。
务请出示品行证明书，
外加肉店的账单。”
“获过奖的猎鼠家，
求个粮仓活儿干。”
“一名单身素食者，
征求牛奶房的大老板。”
没家的猫到了星期天，
吃过中饭拿起报，

读着这些小广告，
比读小说味道好。
它们张开大眼睛，
做上一两小时白日梦，
然后开始做准备。
晚上要去参加音乐会。

名字——献给玉米老大娘

假使我的名字叫但丁，
我就写出长诗篇！
假使我的名字叫欧几里德，
几何定理就该我发现！
假使我的名字叫乔托，
我就成为大画家，
在所有的美术作品中，
作出最有艺术性的画！
可是不，我的名字生下就有，
我不打算跟它分手。
我丝毫不认为我这名字十分响亮，
我不为这名字抱怨：
它能叫我每一天
变好那么一点点。

驴子的故事

——献给假话国中一头老装狮子哇哇叫的驴子

我认识有一头驴子，
又是顽固，性子又躁。
可这驴子就是一样古怪：
它是驴子，自己却不知道。
驴子说道："我是大象，
我想这点毋庸置疑。
我没鬣毛，这就说明，
我不是头狮子——实在可惜。
我也从不咩咩地叫，
可见跟羊没有关系。
我看起来不是律师，
因为我没上过公堂……
万一我是将军的兄弟呢？
将来弄个大臣当当？
或者国王亲自封我
当上一个侍从官长？
我到底是什么人？
请你告诉我吧，
镜子！"
镜子答道："小家伙，
你呀，地地道道
是头驴子！"

“驴子？”驴子马上大叫。
“不行！侮辱我吗？我可不让。
为了你的回答侮辱了我，
我就尥一蹶子你尝尝！”
……你看，满桌子是
那镜子的碎片，
但是在这世界上面，
驴子难道会少一点？

一，二，三！——献给罗莫莱塔的数数歌

一，二，三！
街上走着三只大公鸡，
三只母鸡在后面跟着。
它们为什么不唱小曲？
也许想要快点吃到饼，
也许赶着去啄葱？
要是它们进城来，
我将告诉这些鸡：
假话说上一百句，
也编不成一条真理。

说着玩——献给小香蕉

我想画幅黄色的画：

一只公鸡在当中，
几个角上是定音鼓，
顶上是个鞭子的柄。
我想画幅青色的画：
画上祖鲁人的背部，
整棵青竹，
魔鬼尾巴笔直伸出。
我想画幅灰色的画：
一个蜘蛛网张开来，
浓雾，乌云，
我拿工资前的口袋。
“要是”游戏——要是让阿尔莱基诺做主，
会有怎样的天空？
它将变成一个五彩大天幕，
由太阳的光线织成功。
要是让姜杜亚
当上国家的部长，
他要用糖来造屋，
一扇扇门——是巧克力糖。
要是让普尔契内拉执政，
就会立起这么一个法：
碰到谁的思想坏，
就换一个脑袋瓜。

样样丢掉的焦万尼诺

样样丢掉的焦万尼诺，
丢了坐车机会，中午电车白错过，
丢了嗓音话也说不出，
丢了唱片，丢了路，
丢了竖起指头那股劲，
丢了钥匙没法再开门，
丢了雨伞，丢了棍，
丢了胃口吃起东西像嚼蜡，
丢了脑袋（本来是空的），
样样丢了，
唯一没丢掉的是快乐。

小茉莉的口袋

一个口袋
放着护身符。
一个口袋
放手绢。
一个口袋
放钱包，
可钱包里

没有一分钱。

白头发——献给一分钟也不坐的本韦努托

“砌砖匠啊砌砖匠，
请回答我好不好：
你头上的白头发，
一共到底有多少？”
“我每造好一座房，
白头发就多一根，
在每一座房里面，
我的劳动有一份。”
“老师啊老师，
请回答我好不好：
你头上的白头发，
一共到底有多少？”
“我头上的白头发，
可是多啊多得很，
我每教了一个学生，
白头发就多一根。”
“老爷爷啊老爷爷，
请告诉我好不好：
你头上的白头发，
一共到底有多少？”
“我每讲一个故事，

白头发就多一根，
我把故事编出来，
讲给我的孙孙听。”

小茉莉的谚语

不爱树木，
森林禁入。
听见雷声掩耳就逃，
燃起闪电绝办不到。
要是给我月亮的话，
拿了就走，眼也不眨。
派疯子去捉蛇，
可绝对使不得。
没有两个脑袋，
哪来双倍智慧？
月月笑呵呵，
一年准快活。

锤子鱼的故事

锤子鱼啊真苦恼，
铁砧鱼它没找到；
拼命找也没有用，

墙角、钉子鱼都没影踪；
它想敲碎石头鱼，
可石头鱼不知哪里去；
它想敲扁指头鱼，
指头鱼却没处寻。
因此它就悲叹说：
“没东西锤要我干什么？
有一只鞋，再有一个跟，
我很乐意把鞋钉。
渔人将要网到它。
怎么跟他说呢？
一顿好菜，顶呱呱！”

英国民歌之一

“密斯脱猫，你从哪里来？”
“我上王后那里玩得真痛快。”
“那里一定非常热闹吧？”
“我就看见一只老鼠没尾巴。”

英国民歌之二

话说从前有只猫，
要上加拿大跑跑。

这是故事的前半。
他拿着个纸袋袋，
装着面包和火腿，
故事到此就算完。

英国民歌之三

萨拉曼卡三位有学问的人，
坐张长凳出海去航行。
他们要不马上沉水底，
环游世界没问题。
萨拉戈萨三位有学问的人，
坐个木盆出海去航行。
木盆要是一直浮水面，
这故事就不会完。

晚　餐

献给任食品大臣期间的小香蕉
普尔契内拉和阿尔莱基诺，
吃晚饭共一个盆，
如果盆里有一点东西，
就会知道晚餐味道好得很。
阿尔莱基诺和普尔契内拉，

喝酒共一个杯，
如果杯子不空，
就知道这个晚上就会醉。

圣诞节之歌

吹风笛的正在街上走，
要是让他做主的话，
你知道他关于圣诞节，
将会怎样说吗？
“我希望在每座房子里，
都有一棵圣诞树，
在每一棵树上面，
金星银星闪闪密布。”
麻雀在雪地上蹦蹦跳，
要是让它做主的话，
你知道它叽叽地叫，
将会怎么说吗？
“我希望在点起灯的时候，
孩子们将找到礼品，
他们想的礼品应有尽有，
不只一样，可多得很。”
图画上马棚里的那牧人，
要是让他做主的话，
你知道他用那根长棍，

将要签字，立什么法?
“我要世上没孩子流泪，
在圣诞节的这一天，
白的、黑的、黄的小朋友，
个个露出盈盈笑脸。”
我是完全没有权力的人，
你们知道，我要告诉你们这一点：
所有这些美好事情，
也并不是很难实现。
只要我们相互伸出手，
奇迹就有可能出现：
那时圣诞节的这一天，
将延长到整整一年。

作者素描

罗大里，意大利儿童文学作家，生于小镇奥梅尼亚一个面包师家庭，母亲当过女工和女仆，毕业于师范学校。他教过小学，第二次世界大战期间参加反法西斯斗争，1944 年参加意大利共产党，战后他长期担任记者和儿童副刊的编辑，办过儿童杂志，他了解儿童，有丰富的生活经验。40 年代开始写童谣和童话故事，一生为儿童写出大量作品，成为世界儿童文学泰斗。主要作品有长篇童话《洋葱头历险记》（1951），《假话国历险记》（1958），童话集《21 加 1 个童话》，《蓝箭》，《电话里的故事》，《有 3 个结尾的童话》等。儿童小说《3 个小流浪儿》；儿童诗《童谣儿集歌》（1950），《天上和地上的童谣》（1960）等。1970 年获国际安徒生奖。

经典书评

这是一个被海盗占领了的国家，海盗为了不让人们了解他们的底细，于是下令修改字典。这下整个国家都乱了套了，人人都得说假话，比如面包要说成是墨水，早上好要说成是晚上好，同样晚上好就得说成是早上好，橡皮指的是干酪，猫必须像狗那样汪汪叫，而狗却大喊喵喵。否则就会被抓进疯人院。于是正直、善良、美好都被压制了。

有虚假与丑恶，就必定会有善良与正直与之对抗。而且真实必定获得最终的胜利。假话国来了男孩小茉莉，他是一个大嗓门的歌唱家，生就一副大嗓门，他一说话就能把窗玻璃、黑板、玻璃杯震碎，为此，学校和家里都严禁小茉莉开口。他想利用他嗓子的特殊功能摘果子，还被人认为是恶巫师，不得不背井离乡。假话国还有个画家小香蕉，他画什么就有什么，他笔下的那些动物只有画得真实了才有生命，才能从画布上走出来，变活。还有一个瘸腿猫，它是粉笔的女儿，只有三条腿；还有乐心助人的本韦努托，他一坐下来就会变老。他们都很特别，都有些“缺陷”，但是他们都有正直、善良的心灵，最终他们都得到了完善，实现了自身的价值。最后小茉莉懂得了用他的歌声去帮助他人，他震塌了疯人院，并且解救了被困于圆柱上的瘸腿猫；瘸腿猫为救小香蕉牺牲了自己新获得的第四条腿，依旧是瘸腿的猫，却毫无怨言；本韦努托的一生都在牺牲自己帮助他人，直到他非常衰老的时刻，为救小香蕉他还是甘愿舍弃自己的生命，他的生命虽然短暂，但却是高贵而伟大的。小茉莉、瘸腿猫、小香蕉他们联合起来共同对付贾科蒙内国王一伙，小茉莉用自己独特的嗓音震坍了疯人院，也“震毁”了贾科蒙内王朝的统治。

这部童话的情节十分引人入胜，故事常常是一波未平，一波又起。故事情节的发展也是一环扣一环，十分紧凑。在故事发展的过程中，有时是单独交代不同人物各自的经历，有时又运用到倒叙的手法来进行必要的背景交代。但最终这些分散的情节、线索都能汇总到一起，因而整个故事是有机统一的整体，丝毫不会有情节支离破碎、拖沓的感觉。作品中所有的线索都被安排得井井有条，这种统筹兼顾的本领着实令人钦佩。

这部童话的语言十分简洁明快，作品中运用的是大量的对话，拉近了读者与作品的距离，更增加了亲切感。

在《假话国历险记》中，罗大里为我们虚构了一个充斥着谎言的国家，但爱与真实，善良与正义永远都不会消失。无论假话、虚伪、丑恶的势力有多么地强大，最终都会被真实与善良所打败。阅读这部童话，能够让我们体味到真实与善良的可贵。

趣味链接

心动瞬间

1. 海盗变成了好人，好人变成了海盗……说真话的人都被关进监狱。这可怎么办？

2. 面包要说成是墨水，早上好要说成是晚上好，橡皮指的是干酪，猫必须像狗那样汪汪叫，而狗却要大喊喵喵。否则就会被抓进疯人院。

3. 有虚假与丑恶，就必定会有善良与正直与之对抗。这本书中那群始终坚守内心善良的人物们，用他们的真善美感染着他们周围的世界。

精彩回放

“就是他！就是他！”有人一脸兴奋地叫道，“他是个好魔法师！”

“什么好魔法师？他明明就是个恶巫师。瞧他手里提着水桶，那准是个魔桶。”

“我的天，咱们快逃吧，逃得远远的，他要是把这玩意儿往咱们头上一泼，咱们准没命了。”

“玩意儿？什么玩意儿？”

“你们眼瞎了啦？桶里装的当然是地狱里的焦油啊。它一落到人身上，就一定会把人烧死，哪位大夫也治不了。”

“他是神圣的，他是神圣的！”又有人反驳道。

“小茉莉，我们都看见了，你叫树上的梨熟，它们就熟了；你吩咐它们掉下来它们就很听话地纷纷掉下来。”

“你们疯啦还是怎么的？”小茉莉问，“都怪我的嗓子。只要一开口，就会把空气震得像刮强台风似的。”

“对了，对了，我们明白了！”一个女人高兴地大叫起来，“你是在用你的嗓子创造奇迹！”

“什么奇迹！明明就是妖法！”另一帮人又扯着嗓子大

喊道。

小茉莉被气得直接把水桶扔在地上，转身就进了屋，并把门闩上了。

他心里想："看来，我的太平日子是过不成了。现在我连家门都出不去了，一出门肯定会有些好奇的人跟着我。每天晚上临睡之前，到处都在讨论我的事。人们会拿我来吓唬小孩子，说我是恶巫师。看来，我得离开这里了。我干吗要留在这里呢？我的爸爸妈妈都已经过世了，我最好的朋友也在战场上死去了。我要到世界上去流浪，试试看能否靠我的嗓子找到幸福。世上似乎有这么一种人，唱唱歌就能挣钱。不错，显然这听来有点奇怪。这本不该给他钱的，因为他唱歌已经给他自己带来了乐趣。可唱歌竟还会有人给钱。也许我能成个歌唱家吧？"

他拿定主意后，就把他的家当简单地收拾了一下，装进背囊后就出门了。

一大帮人此时正在门口等着他，见他出来，便更加激烈地喊喊喳喳地说着话，但还是给他让出了一条道。小茉莉目不斜视，看也不看他们一下，一声不响地就上路了。他走了很远才回过头来，再看看自己的老家。

那一大帮人还聚在那里，对着他指指点点地说着什么，好像他是个鬼怪似的。

"要不要跟他们开个玩笑呢？正好留个纪念！"小茉莉恶作剧地想着，然后大大吸了口气，放开嗓子叫了一声：

"再——见！"

这声“再见”果然马上奏效了。男人们只觉得猛然刮起一阵狂风，风吹下了他们头上的帽子。有几位老太太忽然露出了秃头，像光溜溜的鸡蛋壳一样，在阳光下折射着亮着，她们连忙去追她们的假头发。

“再见，再见！”小茉莉又叫了几声，为自己从小到大头一回恶作剧感到由衷的好笑。

小茉莉的声音产生一种不可思异的力量，把帽子和假头发缠在了一起，活像一群候鸟，一下子飞上了云端，一眨眼就没影了。事后证明，它们飞到了好几公里以外，有一些还飞过了国境。

提分考点集萃

一、填空题

1. 作者罗大里是____________儿童文学作家，生于小镇奥梅尼亚一个面包师家庭，母亲当过女工和女仆，毕业于师范学校。
2. 这是一个被__________占领了的国家，海盗为了不让人们了解他们的底细，于是下令修改__________。

二、选择题

1. (　　)，我们都看见了，你叫树上的梨熟，它们就熟了；你吩咐它们掉下来它们就很听话地纷纷掉下来。

A. 海盗　　　　B. 罗大里

C. 学校　　　　D. 小茉莉